ras" posibles solo vi una "seca", o viceversa, es probable y no hay atenu
mi boca narra lo que mis ojos le contaron. Nuestra vista nunca fué pan
siempre fug y no siempre equitativamente informada, y los juicios son d
terminantes; de acuerdo, pero ésta es la interpretación que un teclado
conjunto de los impulsos que llevaron a apretar las teclas y esos fuga
pulsos han muerto. No hay sujeto sobre quien ejercer el peso de la ley
personaje que escribió estas notas murió al pisar de nuevo tierra Arge
el que las ordena y pule yo, "yo", no soy yo; os no soy el mi
interior. Ese vagar sin rumbo por nuestra "May rica" me ha c
mas de lo que creí. / Aparte En cualquier libro de técn ráfica se puede
imagen de un paisaje nocturno en el que brilla llena y cuyo tex
plicativo nos revela el secreto de esa oscuri al día, pero la na
za del baño sensitivo conque está cubierta mi retina no es bien conocida po
apenas la intuyo, de modo que no se pueden hacer correcciones sobre

U0922030

The Motorcycle Diaries

Notes on a Latin American Journey

切·格瓦拉
Che Guevara

摩托日记

拉丁美洲游记

王绍祥 译

上海译文出版社

图书在版编目（CIP）数据

摩托日记：拉丁美洲游记 / 格瓦拉（Guevara, E.Ch.）著；
王绍祥译. —上海：上海译文出版社，2012.5（2026.1 重印）
ISBN 978-7-5327-5279-9

Ⅰ. 摩… Ⅱ. ① 格… ② 王…
Ⅲ. 游记—现代 Ⅳ. I517.55

中国版本图书馆CIP数据核字（2010）第247714号

ERNESTO CHE GUEVARA
The Motorcycle Diaries
Notes on a Latin American Journey

THE MOTORCYCLE DIARIES: NOTES ON A LATIN AMERICAN JOURNEY
by ERNESTO CHE GUEVARA & ALEIDA GUEVARA MARCH
Copyright © 2003 OCEAN PRESS
Photographs copyright © Che Guevara Studies Center, Aleida March and Ocean Press
This edition arranged with OCEAN PRESS
through BIG APPLE TUTTLE-MORI AGENCY, LABUAN, MALAYSIA.
Simplified Chinese edition copyright © 2012 SHANGHAI TRANSLATION
PUBLISHING HOUSE (STPH)
All rights reserved.

图字：09-2008-036号

摩托日记
拉丁美洲游记
The Motorcycle Diaries
Notes on a Latin American Journey

CHE GUEVARA
切·格瓦拉 著
王绍祥 译

出版统筹 赵武平
责任编辑 丁宇岚
装帧设计 陆智昌

上海译文出版社有限公司出版、发行
网址：www.yiwen.com.cn
201101 上海市闵行区号景路159弄B座
江阴市机关印刷服务有限公司印刷

开本787×1092 1/32 印张10 插页5 字数110,000
2012年5月第1版 2026年1月第9次印刷

ISBN 978-7-5327-5279-9
定价：45.00元

本书版权为本社独家所有，未经本社同意不得转载、摘编或复制
如有质量问题，请与承印厂质量科联系，T: 0510-86688678

目 录

附录

序

当我第一次翻开这些日记的时候，它们尚未装订成册。是谁写了这些日记，我并不知晓。虽然当时我年龄还小，但是，当我看到这些日记的作者以淳朴自然的风格，叙述着他一次又一次的冒险经历时，我发现我与作者马上产生了强烈的共鸣。随着我一页一页地翻阅下去，我逐渐开始了解日记中的主人公，身为他的女儿，我感到非常幸福。

当您翻阅这本日记时，您一定会有所发现。在我看来，与其在序言部分就告诉您日记的梗概，不如先让您慢慢品味。日记中所描绘的美，日记中所传递的那份炽热情感，必定会让您爱不释手，让您重新翻阅某些篇章。对此，我深信不疑！

有些时候，我仿佛坐在格拉纳多曾坐过的位置上，伏在父亲的背上，随他一起去旅行，一起越过崇山峻岭，一起跨过江河湖泊。我无法用笔墨形容的事物，父亲总是能形象生动地描绘出来。每逢此时，我就只能任他自言自语。而当他把一切诉诸笔端时，透过纸背，我们可以看到他依然是那么的坦诚正直，那么的特立独行！

我内心的真实感受是，我越是反复阅读这些日记，我就越爱我的父亲，当时他还仅仅是个小伙子呢。我不知道您是否与我有同感，但是，我在阅读时，我对年轻时代的埃内斯托有了更深刻的认识：那时候的埃内斯托出于对冒险的热忱，出于对实现梦想、完成伟大事业的渴望，离开了阿根廷，而当这位年轻的小伙子发现了我们美洲大陆的现实时，他的人格思想愈发成熟了，社会阅历也愈发丰富了。

慢慢地我们就会明白他的梦想与志向是如何发生变化的。他日益意识到了民众的疾苦，也任凭疾苦成为他生命中的一个部分。

一开始，这位年轻小伙子行为怪诞可笑、疯狂不羁，我们不禁哑然失笑！然而，拉丁美洲错综复杂的本土世界、贫困穷苦还惨遭剥削的人们，渐渐也从他的日记中一一呈现出来，而他在我们眼前也愈发多愁善感。尽管如此，他的风趣幽默从未因此丧失过，反而更显优雅、更显精妙。

我的父亲，“*ése, el que fue*”（“我自己，曾经的我”），给我们展现了一个鲜为人知的拉丁美洲。在他的笔下，拉丁美洲五彩缤纷、动人心弦。透过他的眼睛，我们有了一种身临其境的感觉。

他的散文笔触清新独特。字里行间流露着一种我们前所未闻的声音。他周遭那壮丽而粗犷的环境震撼了他浪漫的心灵，并通过他的笔注入我们心里。虽然当时他的革命理想越来越坚定，但是他从未失去他的一片柔情。他越来越强烈地意识到，几个世纪以来，那些尊严被掳走、被践踏的人们需要的并不是他作为一名外科医师的医学知识，他们需要的是他的勇气、是他的坚持，他们需要他帮助他们改变社会，使其有尊严地活着。

这位年轻冒险家对知识的渴望与他那颗伟大仁爱的心，都让我们明白，正确诠释的现实世界会深入人心，甚至会改变一个人的思维方式。

他的日记中洋溢着真爱，透露着挚情，词句意味深长。读一读吧，读一读那些超越一切地使我更为贴近父亲的日记吧！我希望您在欣赏日记的同时，也能同他一起上路开始旅行。

倘若您有机会，在现实中循着他的步伐走上一遭的话，您将痛心地看到诸多事物依然如斯，甚至每况愈下，并且我们当中那些不幸的人们在现实世界中还在惨遭煎熬和践踏。这一切都向我们——和这位日后成为“切”的年轻小伙子一样的人士——发出了挑战，向心系现实世界的人们发出了挑战，向致力于创造一个更为公正的世界的人们发出了挑战。

他在有生之年，展示了力量与柔情。他就是我所熟识的人，我深深敬爱的人！

不赘言了。从头到尾，您开怀悦读吧！

阿莱达·格瓦拉·马尔奇
二〇〇三年七月

初版序

埃内斯托·格瓦拉的旅行日记是由哈瓦那的切·格瓦拉私人档案馆[1]誊写编辑而成的。日记记录了一位青年周游拉丁美洲的探索之旅，描绘了他艰辛困苦、漂泊迁徙而又惊心动魄的冒险经历。一九五一年十二月，埃内斯托同他的朋友阿尔维托·格拉纳多开始了他们向往已久的旅行。从此，埃内斯托提笔写下了这一篇又一篇的日记。他们从布宜诺斯艾利斯出发，沿着阿根廷的大西洋海岸，穿越潘帕斯草原，跨过安第斯山脉，驶入智利，并从智利一路向北行驶，途中横穿了秘鲁和哥伦比亚，最终抵达加拉加斯。

埃内斯托本人在日后以叙事的文笔重写了这些游历，这让读者更加深入地了解他的一生，尤其是让读者了解到他那不为人知的人生阶段。日记详尽地展现了他的性格品行、他的文化背景以及他的叙事技巧——这种技巧是他写作风格的雏形，并在他日后的著作中日臻完善。他发现了拉丁美洲并抵达它的腹地，同时，他愈发产生一种对拉丁美洲的认同感。这一切最终促使他成为美洲历史新篇章中的先驱者。在这一过程中，读者也将亲自体会到他内心深处的巨大变化。

阿莱达·马尔奇
切·格瓦拉私人档案馆
一九九三年 古巴哈瓦那

[1] 现为古巴哈瓦那切·格瓦拉研究中心。——原注

导读

钦蒂奥·比铁尔*

如果说在拉丁美洲为自由解放而战期间，从玻利瓦尔[1]时代一直到我们这个时代，曾经涌现过一位能够让拉丁美洲乃至全世界的年轻人为之倾倒的英雄的话，那他就非切·格瓦拉莫属。自从去世之后，格瓦拉便成了当今世界的一个神话。而且，他散发出的年轻的生命活力似乎从未离我们而去。恰恰相反，他神话般的地位愈发凸显出了他的朝气蓬勃，再加上他还是位勇敢无畏、清廉纯洁的人，他的这些品质就是其个人魅力的奥秘之所在。

一个人若想成为一个神话，并成为许许多多散落而又热切的希望的象征，那么前提就是这样的人物应该为人严肃而且庄重。提出这样一个前提是对的，因为历史上的乌托邦需要一些具体的面孔来体现。然而，我们不能就此忽略了这些人物在日常生活中的品性。他们的童年时期、他们的青少年时期以及他们的青年时期——这些在他们掌握引领我们前进的本领之前的时期——我们也应有所了解。我的言下之意并非要置他们的伟大品性于不顾，而大书特写他们那些平凡的或是家常的人生层面。我的意思是，了解了他们性格最初的形成时期，我们就可以看到他们人生后期轨迹的起点了。

就切而言，尤其如此。一个沉默寡言、天性快乐但又严肃认真，同时也令人啼笑皆非的小伙子形象，在他与朋友阿尔维托·格拉纳多第一次旅行的记录里显得如此活灵活现。透过这些文字，他的音容笑貌历历在目，他因哮喘病而发出的呼哧呼哧声也清晰在耳。他，如同他的音容笑貌一样，富有青春的气息。他的一生朝气蓬勃，即便在他成熟的岁月里，他的青春也不曾变淡。

《摩托日记》描写的是一次义无反顾的旅行。旅行的工具是一辆号称“大力神Ⅱ”的响声震天的摩托车。这

---

* Cintio Vitier（1921—2009），古巴诗人、文学评论家。

[1] 西蒙·玻利瓦尔领导了若干武装起义，帮助许多拉丁美洲国家击败西班牙殖民者，赢得独立。他的理想是建立南美洲西班牙语联盟。——原注

辆摩托车承载着旅行者全心全意想要了解大千世界的心情，如风般自由地行驶在路上。（虽然这辆摩托车在半路就抛锚了，然而，它却赋予了这次冒险一种快乐的悸动。我们同样也感受到了这种悸动。）这本书是献给那样一些人的，对他们来说，青春不只是岁月的一轮，也蕴涵着诚挚的心灵与崇高的精神。

“这不是一个英雄传奇故事……”这位将成为二十世纪伟大英雄的年轻人在开篇部分如是说。“英雄”这个词使句中的其他词语都黯然失色了，因为我们在阅读这本书的同时，我们无法不联想到切的未来，联想到马埃斯特腊山脉中那个矫捷的身影，联想到在玻利维亚克夫拉达-德尔尤罗[1]那个臻至完美的身影。

假如格瓦拉在年轻时代的冒险经历之后并没有成为一名革命者的话，那么，这本书的意义将会截然不同，并且我们也会以不同的心态阅读本书，虽然这种心态无法想象。在他写作本书之前，他还未成为“切”，但是，只要知道本书出自切之手，就会让我们坚信，他有预感，

[1] 一九六七年十月八日，切领导的游击队于该峡谷遭伏击。切被俘，并于次日遇害。——原注

他可以预知人们会以何种心态来阅读他的作品。例如：

> 写这些日记的人在重新踏上阿根廷的土地时，就已经离我们而去了。我，重新整理和润色这些日记的人，早已不再是当年的那个我了。在“大写的美洲”之上的漂泊之旅改变了我，其改变之深远远超乎我的想象。

这本书就是一个证据——也就如同他所说的那样，是一卷底片——它证明了一次改变了他一生的经历，证明了他第一次“起程”走向外面的大千世界。而这第一次起程就如同他最后一次起程一样，带着“半无意识风格”的堂吉诃德式的梦想。并且，他的第一次起程，就如同对堂吉诃德一样，同样影响了他所有的意识。这就像“一位幻想家的心灵”经历了一次唤醒般的洗礼。

他们的旅行一开始大致上是往北美洲方向前进的，然而在一种完美的不可预知性的影响下，此次旅行最终实际上是往北美洲的“底片”（即南美洲的贫穷与无助）进发的，是对北美洲之于我们的真实意义的探知。

“那时候，我们根本没有想过途中我们会遭遇多大的艰难险阻，我们的眼里只有前方路上飞扬的尘土，而车背上的我们正风雨兼程，风驰电掣般地向北挺进。”虽然切当时并没有意识到，但是他所看到的“路上飞扬的尘土”不就是何塞·马蒂[1]在搭乘“一辆普通的小客车”从拉瓜伊拉前往加拉加斯时所看到的尘土吗？它不就是堂吉诃德在游历的路上看到的尘土吗？它不就是“我们那可恶的枷锁掉到地上时扬起的尘土”[2]吗？在这片飞扬的尘土中，拯救美洲的灵魂出现了。但是，马蒂当时是自北而来，而切则是朝着自我进行心灵的旅行。对于自己的命运，他只看到了惊鸿一瞥，而我们通过阅读关于他的趣闻轶事，也可探知一二。

切在他的日记中，形象滑稽地向我们展现了一只名为“归去来兮”的小狗，它满脑子都是“飞行员的冲动”，从格塞尔镇到米拉马尔的途中，这只小狗就在摩托车旁一个劲地蹦来蹦去，跳个不停。若干年后，这只小狗

[1] José Martí，古巴民族英雄，著名诗人、作家、记者和演说家。马蒂于一八九二年建立古巴革命党，反抗西班牙的统治以及美国的新殖民主义。他于一八九五年发动了独立战争，并在战斗中牺牲。——原注

[2] 何塞·马蒂《作品全集》，哈瓦那，古巴国家出版社，一九六三至一九七三年，第七卷，第二八九至二九〇页。——原注

重新出现在马埃斯特腊山脉中，而这次它却不得不被绞死，因为这只小狗“歇斯底里地狂吠”，导致了一次伏击行动的失败，让桑切斯·莫斯克拉（巴蒂斯塔政权中一位臭名昭著的陆军上校）侥幸逃脱。“它最后挣扎了一会儿，就一动也不动了。它四脚朝天地躺在那儿，小小的头耷拉在几根树枝上。”[1]但是在《古巴革命战争回忆录》这本书中，经过该事件之后，另一只小狗又出现了，这只小狗当时躺在马尔贝尔德的一座小村庄中。

> 费利克斯拍了拍它的头。小狗看着他，费利克斯也回看了它一眼。然后他和我对视了一眼，我们心中都充满了内疚感。突然间，每个人都沉默了。小狗那温顺而又顽皮的眼神里似乎夹杂着一些怨气，我们的心不由得微微一震。就在这儿，在我们面前的是那只被谋杀了的狗，它正透过另一只狗的眼睛看着我们。

---

[1] 引自《古巴革命战争回忆录》，切·格瓦拉，海洋出版社，二〇〇四年，另见于《切·格瓦拉读本》，切·格瓦拉，海洋出版社，二〇〇三年，第三十七页。——原注

“归去来兮”归来了，它也果真名副其实。它使我们回想起了我们另一个伟大的阿根廷人——埃塞基耶尔·马丁内斯·埃斯特拉达[1]。他曾如是评论过何塞·马蒂的从征日记：

> 诗人、画家、音乐家与神秘主义者们的语言都无法描述或表达这些情感与感觉。我们需要做的就是……把它们铭记于心，而无需作出任何回应，就像动物那样，它们会用沉思与专注的眼神记住一切。[2]

只要把《古巴革命战争回忆录》与《摩托日记》稍加对比，我们就可以发现，尽管两部作品的写作时间相隔十载有余，但是后者却为前者树立了文学榜样。《古巴革命战争回忆录》的内容不偏不倚，行文坦诚直接，风格活泼敏捷，这些与《摩托日记》均有异曲同工之处。两部著作中完全相似的瞬间意识，使得各个简短的篇章显得凝炼

---

[1] Ezequiel Martínez Estrada（1895—1964），阿根廷后现代主义作家。

[2] 引自《革命者马蒂》，埃塞基耶尔·马丁内斯·埃斯特拉达，哈瓦那，美洲出版社，一九六七年，第四一四页，第一八四卷。——原注

统一。当然了，无论描写快乐还是悲伤，两部作品都流露着一股泰山压顶却不惊不慌的稳重感。

这并不是文学技巧，他所追求的只是忠实地再现自身经历以及达到叙事效果。当这两者都具备时，技巧自然就随之产生了，并且会适当地表现出来，既不会模糊作者的思维，也不会妨碍作者的心思，它只会帮助作者写出更为脍炙人口的作品。切运笔时酣畅淋漓，毫无踌躇不决，他的写作风格就这样形成了。经过岁月的磨炼，他的文笔会更加精湛，同样，他会以艺术家的愉悦感来磨炼自己的意志，但是他并不矫揉造作于文字：不喜多言、生性腼腆的他并不过分咬文嚼字，他只想用一支笔抒发不加修饰的诗歌意象，他用简约风格把这种意象变成了现实。他那“我——对我而言”的句式像圆环开开合合，合合开开，但却不过于频繁，从而形成一种藏而不露的风格。他笔下的散文明白显示出叙述文体那种细微的精巧，却毫不拖泥带水。他的散文介于情感描述（“决心已定的凶手留下了一路烧焦的营地，留下了阴郁与悲伤”，《古巴革命战争回忆录》）与寻找自我的叙事（“贵为万物之灵的人类在这里通过我的嘴巴，用我的语言，将我的所见所闻娓娓道来。”《摩托日记》）之间，有时我们甚至觉得这些文字正注视着我们。

切的生花妙笔总是能将目之所及一一诉诸笔端。倘若一道风景确实怡人，到了他的笔下，这道风景就会显得格外亲切：

> 道路在地势低洼的山麓小丘间迂回前进，这便是雄伟的安第斯山脉的起点，然后沿着陡坡下行到达一个不起眼的、破落的小镇，与周围的雄峰峻岭、林木森森形成了鲜明对比。

偷酒以及其他一些荒诞不经的场景到了他的笔下也显得分外出彩：

> 现在倒好，到头来还是竹篮打水一场空，一瓶酒也没捞着！在我假装喝得酩酊大醉、大撒酒疯的时候，我明明记得有人冲我不怀好意地讪笑。我们把那些人的面孔在心里过了个遍，希望能够发现蛛丝马迹，顺便找出小偷。

那种诡异的情景又出现了。在“周边探险”一章中，我们读到了这样一个句子：“夜幕降临，我们被笼罩在一片诡异的嘈杂声中。我们感觉每走一步似乎都在迈向虚空。”同样，在《古巴革命战争回忆录》中，也有一段令人颇为费解的文字：“而后，在埋伏的过程中，一个诡异的时刻出现了：周围死寂一片。在第一轮射击结束之后，我们去清点死亡人数，然而公路上居然空无一人。”这种意象其实是真实世界带给我们的冲击：一方面是嘈杂之声，另一方面却寂静无声。

> 一只体形巨大的牡鹿像光一样闪过，身体在月光的映衬下闪着银色，它穿过小溪，然后消失在灌木丛中。像这样的大自然的震颤真可谓扣人心弦。（《摩托日记》）

> 在火把的照耀下，森林中（菲德尔的）声音与身影仿佛都在移动。这就是我们的领袖，他改变了许多人的思想。（《古巴革命战争回忆录》）

虽然这里提到了菲德尔的声音与声调，但在我们看来，这是一个无声的场景，仿佛我们只是在远远地观望。

在这本旅行日记中，堂吉诃德和卓别林式的场景时有可见：比如上文刚刚提到的偷酒；比如三更半夜两个年轻人被“一大群愤怒的跳舞者”追得落荒而逃；比如参加智利消防队；比如令人忍俊不禁的偷吃甜瓜的场景以及海面上浮起的一长列甜瓜皮；再比如，在加拉加斯附近的一个破破烂烂的山间小屋里那张谜一样不可思议的照片……同样，这些场景似乎也是在悄无声息中进行的。

作者在描写“大力神Ⅱ”几近报废时巧妙地运用了电影摄影技巧。我们全神贯注地盯着它，一声不发，仿佛真的是在看电影：

> 我紧紧地抓着手刹，但是由于焊接得不好，手刹也断了。有那么一阵子，我只看到两侧有许多牲口从我们身边呼啸而过，模模糊糊的只能看清一点轮廓，而可怜的“大力神Ⅱ”在冲下陡峭的山坡时车速越来越快。万分神奇的是我们只擦伤了最后一头奶牛的腿，但远处却有一条河流正扯着嗓门冲我们嘶吼着。我赶忙把摩托车扭向了公路的另一侧。一眨眼的工夫，摩托车跃上了两米高的河堤，我俩

夹进了两块岩石之间，所幸毫发未损。

这些年少轻狂的冒险经历中既有快乐、诙谐，也有自嘲。与其说冒险是为了追寻风景之美，不如说冒险是为了追寻风景之灵。突然蹿出的牡鹿身上就带有这种“灵”：“我们蹑手蹑脚，徐徐向前，生怕惊动了荒野圣殿的宁静，因为我们正在和它进行着心灵的沟通。”对于宗教问题，格瓦拉向来是极尽嘲讽之能事。比如，他曾经这样写道：“（我们这）两位助手怀着无比的宗教热情虔诚地等待着星期天（和烤肉）的到来。”然而，在这里却找不到一丝丝嘲讽的意味，尽管他们是无神论者，但是他们仍然可以感觉到大自然“圣殿”的隐喻性存在，并与大自然之“灵”息息相通——这不禁让我们想到了自由思想家马蒂，在他的《纯朴的诗》里出现了这样的类似意象：“西班牙主教为其圣坛/寻求支持。/在荒野山巅/漫山遍野的杨树非我莫属。”[1]

一九五二年三月七日，在瓦尔帕莱索，他们亲眼目

[1] 引自何塞·马蒂《作品全集》，哈瓦那，古巴国家出版社，一九六三至一九七三年，第十六卷，第六十八页。——原注

睹了社会的不公：受害者是一个患有哮喘的老太太——拉乔康达酒吧的一名顾客：

> 那可怜的人太值得同情了。浓烈的汗臭和脚臭混合而成的辛辣气味充斥着整个房间，扶手椅上散落的灰尘更是弥漫其中，几把扶手椅就是她房间里唯一的奢侈品了。除了哮喘，她还患有心脏病。

在完成了这样一幅凄惨破败的画卷之后，切的心又深深地被患者面目狰狞的亲属刺痛了。作为一名医生，他觉得自己无能为力，于是，他的良知开始逐渐被唤醒，而这种良知恰恰又指引他担负起他最终的神圣使命。于是，他写下了下面这段令人难忘的话：

> 正是在那里，在那最后的时刻，在那些最远只能看到明天的人身上，我们明白了笼罩在全世界无产阶级生命中的极大悲剧。那一双双即将沉沦的眼睛里透出的是那一丝对谅解的渴求，以及对那份失落于空虚之中的慰藉不顾一切的寻求。同样，他们的身体也将消失于笼罩在我们四周的那种无穷无尽的谜团

之中。

在走投无路的时候，他们偷偷上了一艘轮船，随船到了智利的安托法加斯塔。那个时候，他们俩，或者说至少切，还相当迷茫：

> 那时（我们在圣安东尼奥号轮船上凭栏相依，眺望大海），我们明白了自己的天职，真正的天职就是永远沿着世间的陆路和水路进发。我们应该永葆好奇，洞察眼前的一切，发现每一个角落——但不在任何一片土地上扎根落户，也不长期驻留，探究万物的本质，而是观其大略，浅尝辄止。

对两人来说，水路比陆路更加诱人。因为即便是匆匆过客，走陆路也免不了受羁绊，而水路则享有绝对的自由。“现在，我觉得自己被连根拔起，又自由，又……”在作别齐齐娜的章节中，作者把这个诗行作为标题，告诉我们他已经把一切抛在脑后。但果真是这样吗？后来在面对一位身患哮喘的智利老太太时，切心如刀绞。很快，当他和一对在巴克达诺屡遭迫害的智利共产党工人夫妇结为朋友时，他的心再次被刺痛。

> 在寒夜中的沙漠里，这对夫妇冻得缩成一团，瑟瑟发抖。此情此景便是全世界无产阶级的真实写照。

像圣马丁[1]善良的儿子们一样，他们把毛毯分给这对夫妇御寒。

> 这是我生命中最寒冷的夜晚之一。但同样是在这个时刻，我对这个至少对我来说全然陌生的人群产生了手足之情。

那种陌生感、深深的隔阂以及无畏的孤独，是他身上仍保留的令人好奇的气质。没有什么比冒险更孤独。堂吉诃德在陌生、疯狂的世界里偶偶独行，然而有一天，当他面对船上的奴隶和惨遭鞭打的儿童时，他的同情心却泛

[1] José de San Martín，阿根廷民族英雄，曾在阿根廷、智利和秘鲁反对西班牙统治的独立运动中起主导作用。——原注

滥了。何塞·奥尔特加–加塞特[1]在《堂吉诃德沉思录》中写下了这样的字句："我是我自己和我周围的环境，"并把这句话作为中心思想。一般人们把这句话理解为个人与环境之间紧密相依，个人是自我与环境的总和。当然，这句话还可以理解为两者之间存在矛盾，因为从"我"或是"我自己"的角度来看，尽管个人与环境密切相关，但它们却又截然不同，相隔遥远。在切关于初次"别离"的回忆中，我们也看到了这种矛盾：

> 尽管这对夫妇的身影越发模糊，直至几乎消失不见，但那位丈夫异常坚定的面孔在我们脑海里无法磨灭。还记得他开门见山地邀请我们说："来吧，同志！我们一起吃饭！我也是个四海为家的浪子。"只言片语隐隐表现出对我们漫无目的、寄人篱下的流浪的藐视。

这藐视究竟来自谁呢？来自那位谦卑的工人，还是来自切？或者不来自任何人，而是来自"寒夜中的沙

[1] José Ortega y Gasset（1883—1955），西班牙哲学家，人文主义者。

漠”里的那次碰面。他们成为朋友，一起吃面包奶酪，一起分享毯子。他们刚擦出同情的火花，就承受了别离的痛苦。

总之，他们最终还是到了丘基卡马塔，进了矿山，见到了南方来的矿工们：

> 在这个巨大的矿区里，冷酷的效率和无力的忿恨如影随形。尽管满怀仇恨，它们还是走到了一起，一方面出于基本的生存需要，另一方面则出于投机获利的需要……

此时作者给出了强烈的暗示，接着他提出了一种理念，这种理念在若干年以后的古巴，才为人们所觉悟到：

> ……是否真有那么一天，我们会看到一些矿工兴高采烈地扛起镢头下井作业，明知矿井对肺部有害，却依然从中收获极大的乐趣呢？他们说这就是矿上目前的情况，他们从矿井里挖出的煤发出通红的光芒，照亮了世界。他们是这么说的，可我不大相信。

实际上，一九六四年在古巴的时候，切曾把以上这些想法与诗人莱昂·费利佩的诗歌联系起来（我并不知道切在写以上的文字时是否已经熟知这些诗歌）。这位诗人这样写道：“随着太阳起舞，安能专心犁锄？……玉米收获之秋，休谈爱与风度！”

> 我引用这些诗的用意在于让人知道，今天我们能够请这位伟大的、绝望的诗人来到古巴，来看看人类在经历资本主义异化的所有阶段，在为自己套上剥削者的挽具做牛做马之后，是如何找到他们的出路，如何找回他们的角色的。现在，在我们的古巴，工作正被赋予全新的含义，工作也给人带来了全新的乐趣。[1]

然而在一九五二年三月，切写下的却仅仅是：“我们会看到。”在“丘基卡马塔”这章里，切再次目睹悲惨的现实。本章与一个“像现代戏剧中的一幕场景”一般的

[1] 引自切·格瓦拉《作品集》（1957—1967），哈瓦那，美洲出版社，一九七〇年，第二卷，第三三三页。——原注

矿山小镇同名。作者糅合了印象、思考及数据，以冷静的笔触进行描绘。他写道："最触目惊心的当属矿区坟场。坟场里只掩埋了少部分死者的尸骨，而绝大多数死于硅肺、矿井塌方以及矿山里的恶劣气候条件的矿工，根本无人收尸。"在一九五二年三月二十二日的日记里，也可能是在随后校订的过程中，切总结道："摆在智利面前的首要任务，就是摆脱身后那个指手画脚的美国佬。但从目前来看，这个任务实为艰巨。"令我们哑口无言的是，萨尔瓦多·阿连德[1]真的做到了。

他们两人搭乘过摩托车、卡车、小货车、轮船以及福特小轿车；睡过警察局、露天的星光下，还有临时搭建的帐篷中；切还经常哮喘病发作。就这样，两人穿越阿根廷和智利，并徒步进入秘鲁。秘鲁的印第安人对他们震撼很大，就像墨西哥的印第安人对马蒂造成的触动：

> 这些注视着我们穿过镇上街道的人们是一个被击败的种族。他们目光胆怯、近乎惊恐，对外面的世界

[1] Salvador Allende（1908—1973），智利政治家，推崇马克思主义，一九七〇至一九七三年任智利总统。

漠不关心。其中一些居民给人这样的印象：他们之所以继续生活，仅仅是因为这是他们无法摆脱的习惯。

他们来到没落了的“石头王国”，帕查玛玛——即“大地母亲”的国度。“石头”已经成为过去，现在她接纳了人们从嘴里吐出的“嚼过的古柯叶”，以及随之而来的“苦难”。这里是世界的中心，也被称为“世界的肚脐”，太阳神之女玛玛·奥克略将金色手杖插入泥土。这也是众神之神维拉科查选择的圣地——库斯科[1]。他们到达那里的时候，当地正在进行纪念地震之神（也称为“棕色皮肤的基督”）的颇具巴洛克风格的游行。在人群中，南美人民看到了来自它的死对头——北美洲的一位不速之客：

在观看游行的印第安人中，我们不时可以瞥见一个金黄头发的北美洲人，他在个子矮小的人群中格外显眼。他手拿照相机，身穿运动衫，好像是（实际上也确实是）来自另一个世界的记者……

---

[1] Cuzco，秘鲁中南部城市，十一世纪印加帝国都城。

库斯科的大教堂激活了格瓦拉的艺术细胞，他如是评论道："金色没有银色的柔和尊贵，更不像银色会随着岁月的流逝而更显魅力，所以整个大教堂装扮得像是一个浓妆艳抹的老妇人。"在他到过的众多教堂中，唯独孤零零、破败不堪的贝伦教堂给他的印象最深。"地震之后，教堂钟楼的断壁残垣，就像山坡上一堆被肢解过的动物尸骸。"但他对秘鲁巴洛克风格的殖民地建筑物最具穿透力的评价，是在对利马大教堂的反差强烈的描述中作出的：

> 利马的艺术显得更有格调，带着一种轻柔优雅的气质：大教堂的塔楼高而优雅，也许是西班牙殖民地的所有大教堂里造型最纤细的。在这里，库斯科奢华的木制品已经被抛弃而以金子代之。教堂中殿宽敞明亮，空气流通，完全不同于印加古城里那些黑暗阴森的洞窟。教堂中的油画色彩明快、喜庆，从画派风格来看应该晚于与世隔绝的梅斯蒂索派，因为该画派画的圣人总是黑暗阴沉、面露凶相。

切把四月五日到马丘比丘的游记写成了新闻稿，并于一九五三年十二月十二日刊登在巴拿马的报纸上。其中仔细收集的数据和史料使得文章富于教育意味，这在他的个人日记里是看不到的。

堪与此文媲美的另一篇文章《大河岸一瞥》同样于巴拿马见报，时间是一九五三年十一月二十二日。他以亲身经历为蓝本，着重描写乘木筏沿亚马孙河顺流直下的旅行。这条木筏被戏称为曼波-探戈号——这样他们就不会被谴责为探戈的狂热爱好者。尽管沿途充满艰难险阻，但这条木筏使格瓦拉和阿尔维托得以直击亚马孙河流域印第安人的严酷生存条件。

上至孤耸的“神秘石墙”，下至民如草芥的亚马孙河的两岸，整个旅行就像是沿着南美洲的人种基因图行进。在圣巴勃罗的麻风村，当地人为二十四岁的切举办了生日庆祝会。庆祝会上切的慷慨陈词让听众仿佛看到了玻利瓦尔和马蒂的影子：“从墨西哥一直到麦哲伦海峡，我们同根同源，同属梅斯蒂索族。所以，为了消除我狭隘的地方主义观念，我提议为秘鲁、也为拉丁美洲国家联盟，干杯！”

他说这些话并非一本正经，而是为了出口成章，他满怀自信地在演讲中抛开一切陈词滥调。后来他说：“我的演讲博得了满堂喝彩。”在一九五二年七月六日于波哥大写给他母亲的信里（当中细述他在哥伦比亚的遭遇），他也表现出同样的自信。他再次提及他的“泛美国家独立演讲”，还说“结果这些引人注目的喝得酒酣耳热的听众报以热烈的掌声”。当开玩笑地讽刺格拉纳多的感谢词时，他写道：“自诩庇隆后人的阿尔维托发表了一番振奋人心的长篇大论，惹得好心的送行者们捧腹大笑。”但对于麻风病人及他们的生活，他却使用了一种截然不同的口吻，想要克制地掩饰他的痛苦，却没能掩饰成功。切是这样描述他们离开圣巴勃罗麻风村时的情形的：

> 那天晚上，麻风村的病人齐聚一堂，为我们唱送行曲。一个盲人唱了许多当地民歌。伴奏的有吹笛子的、弹吉他的，以及一个几乎没有手指的手风琴演奏者。另外还有一个“健全”人客串，他不时吹吹萨克斯，弹弹吉他，敲敲打击乐器。这以后便是演讲时刻。四个病人尽了他们最大的努力，虽然还是有点怯场。其中一个人还紧张得中途忘词，无法继续，直到后来出于绝望他才大喊：“为我们的两位医生欢呼三声！”随后，阿尔维托对他们的盛

情表示由衷的感谢……

切在给母亲的信中详细叙述了当时的情形（“一个手风琴演奏者，尽管右手的手指已经全不在了，但还将短棍缠在手腕上演奏。由于当地麻风病侵入神经系统的情况盛行，这些人几乎都落下残疾。”），并把它比作“恐怖电影中的场景”，本意是不让她太伤心，但效果似乎适得其反。很显然的是，他们分别的时候依依不舍，催人泪下：

> 病人们解开岸上的绳索，在悠扬的民歌声中，他们乘坐的这条木筏缓缓驶离了岸边。船上昏黄的灯火映在这些人身上，看起来就像幽灵一般。

从日记中可以看出，在与麻风病人接触时，两人不仅为他们缓解病痛，而且还和他们在一起踢足球，谈天中向他们彰显了公正、友爱与博大的人性——这也解释了病人们为何如此心存感激。此时，我们已经可以觉察到切心中革命种子的萌芽。“如果说真的有什么让我们自愿献身麻风病事业，那就是一路上我们遇到的所有病人对我们的真情。”当时他们根本无法想象这份奉献会何等严肃、何等深沉，因为他们认为“麻风病”就是人类所有苦难的全部。

就像生活本身，这些日记里记录了悲欢离合，时而大起大落，时而谆谆教诲。在读完这些日记以后，在对这些日记进行评论以后——当然我的评论并非说尽了一切，仅供读者参考——我得出结论：到达加拉加斯时，切裹在行军毯里，周围拉美全貌尽收眼底，满心欢喜的他“嘴里喃喃念着各种诗句，不过都被卡车的嘈杂声盖下去了”。

对于最后一个章节“页边上的笔记”，我将不复赘言。因为本章庄严而可畏，朴实而独特，既不需要我的导读，也不容我妄加评论。实际上，这个给出深奥“启示”的章节应该编排在本书的开头还是结尾，我并不确定。切看到他的革命决心被“镌刻在夜空里”，他等待着命运的来临，等待着“伟大的指导思想将人类分为两个对立的阵营”。以马蒂“我们的美洲”的眼光来看，这位受人尊敬的伟人将“骑着神鹰，横贯大陆上的浪漫国家，飞越海洋里的悲伤岛屿，撒播新美洲的种子”[1]。这个悲壮激昂的

[1] 引自何塞·马蒂《何塞·马蒂读本》，海洋出版社，一九九九年，第一二〇页。——原注

章节，像一道势不可挡的闪电，照亮了自称“二十世纪的小列兵”的切心灵深处那座“圣殿”。对这个人，我们的信念永不破灭。他总是手持护盾，感受着脚踝边上“驽骍难得[1]嶙峋的肋骨”[2]，“再度出征”。

[1] Rocinante，塞万提斯小说《堂吉诃德》中主人公的坐骑。
[2] 引自《切·格瓦拉读本》，第三八四页。——原注

飞返迈阿密
乘飞机从迈阿密出发
加拉加斯
委内瑞拉
哥伦比亚
波哥大
基多
厄瓜多尔
秘鲁
巴西
利马
拉巴斯
巴西利亚
玻利维亚
巴拉圭
亚松森
智利
阿根廷
乌拉圭
圣地亚哥
布宜诺斯
艾利斯
蒙得维的亚

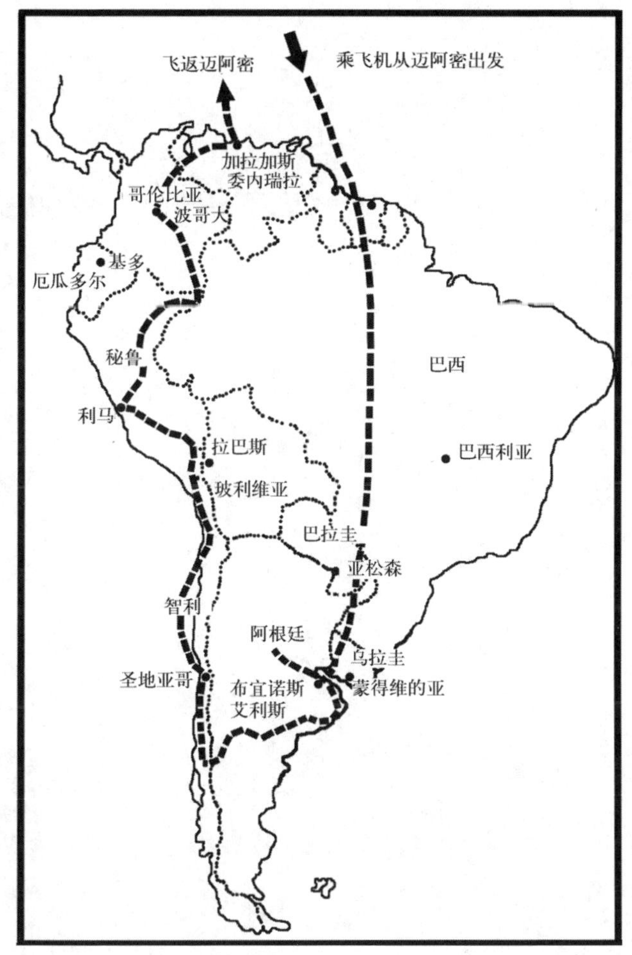

行程图

阿根廷

一九五一年

十二月	科尔多瓦至布宜诺斯艾利斯

一九五二年

一月四日	离开布宜诺斯艾利斯
一月六日	格塞尔镇
一月十三日	米拉马尔
一月十四日	内科切阿
一月十六日至二十一日	布兰卡港
一月二十二日	前往乔埃莱 · 乔埃尔途中
一月二十五日	乔埃莱 · 乔埃尔
一月二十九日	彼德拉–德阿吉拉
一月三十一日	圣马丁–德洛斯安第斯
二月八日	纳韦尔瓦布
二月十一日	圣卡洛斯–德巴里洛切

智利

二月十四日	乘坐莫杰斯塔·维多利亚号前往佩乌利亚
二月十八日	特木科
二月二十一日	劳塔罗
二月二十七日	洛斯安赫莱斯
三月一日	智利圣地亚哥
三月七日	瓦尔帕莱索
三月八日至十日	乘坐圣安东尼奥号
三月十一日	安托法加斯塔
三月十二日	巴克达诺
三月十三日至十五日	丘基卡马塔
三月二十日	伊基克（并参观托科、拉里卡阿文图拉、普罗斯佩里达等地的硝酸盐矿公司）
三月二十二日	阿里卡

秘鲁

三月二十四日	塔克纳
三月二十五日	塔拉塔
三月二十六日	普诺
三月二十七日	乘船游览的的喀喀湖
三月二十八日	胡利亚卡
三月三十日	锡夸尼
三月三十一日至四月三日	库斯科

四月四日至五日	马丘比丘
四月六日至七日	库斯科
四月十一日	阿班凯
四月十三日	万卡拉马
四月十四日	万博省
四月十五日	万卡拉马
四月十六日至十九日	安达韦拉斯
四月二十二日至二十四日	阿亚库乔至万卡略
四月二十五日至二十六日	拉梅尔塞德
四月二十七日	奥克萨潘帕与圣拉蒙之间
四月二十八日	圣拉蒙
四月三十日	塔尔马
五月一日至十七日	利马
五月十九日	塞罗-德帕斯科
五月二十四日	普卡尔帕
五月二十五日至三十一日	乘坐拉塞内帕号船顺乌卡亚利河（亚马孙河支流）而下
六月一日至五日	伊基托斯
六月六日至七日	乘坐埃尔西斯内号前往圣巴勃罗麻风村
六月八日至二十日	圣巴勃罗
六月二十一日	乘坐曼波-探戈号小木筏漂流在亚马孙河上

哥伦比亚

六月二十三日至七月一日	莱蒂西亚
七月二日	乘飞机离开莱蒂西亚

七月二日至十日	波哥大
七月十二日至十三日	库库塔

委内瑞拉

七月十四日	圣克里斯托瓦尔
七月十六日	巴基西梅托与科罗纳之间
七月十七日至二十六日	加拉加斯，切与阿尔维托在此分手

美国

七月下旬	迈阿密

阿根廷

八月	切返回科尔多瓦家中

摩托日记

拉丁美洲游记

the motorcycle diaries

NOTES ON A LATIN AMERICAN JOURNEY

so we understand each other

让我们互相理解

这不是一个英雄传奇故事，也不仅仅是一个愤世嫉俗者的叙述；至少我个人并不这么认为。这是两个生命的短暂交汇，是两个怀着相似的希望与梦想的生命的一段共同历程。

在九个月的时间里，一个人可以想很多东西，上至崇高的哲学冥想，下至对一碗汤最为落魄的渴求——这完全得视他的胃而定。与此同时，如果他又有点冒险家的风范，他或许会经历一些在别人看来饶有趣味的事情，而他随手记下的那些东西读起来或许也就和这些日记没什么两样了。

一枚硬币抛到空中，经过多次旋转之后，落地时既可能是正面，也可能是反面。贵为万物之灵的人类在这里通过我的嘴巴，用我的语言，将我的所见所闻娓娓道来。掷硬币的时候，很可能抛了十次正面后才看到一次反面，也可能抛了十次反面后才看到一次正面。实际上，这种情况一点都不稀奇，而且没有必要找任何托辞，因为嘴巴只能道出眼睛实实在在看到的东西。是因为我们的视力永远不够完美？是因为一切稍纵即逝？是因为我们的学识有限？抑或是因为我们的判断过于武断？无论如何，有一点是肯定的，我的手指是在稍纵即逝的冲动的驱使下落到了键盘上，打字机跟着便作出了诠释。而如今那些冲动已经不复存在了。况且，现在已经找不到任何人为这些文字负责了。

写这些日记的人在重新踏上阿根廷的土地时，就已经离我们而去了。我，重新整理和润色这些日记的人，早已不再是当年的那个我了。在“大写的美洲”之上的漂泊之旅改变了我，其改变之深远远超乎我的想象。

在任何一本摄影指南上，你都可以找到一张异常清晰的风景照。看上去，风景照是夜晚在一轮圆月的光辉的映衬之下照的。但在文字说明部分，你却可以找到“白天照夜景”魔术般的秘密。本书读者或许不了解我的视网膜的敏感度——我自己也感觉不到。所以，读者们哪怕是拿着底片对着文字看，也弄不清我的那些“照片”究竟是什么时候照的？言下之意，如果我给你一张照片说是在夜晚拍的，你既可以信，也可以不信。这一点对于我来说无足轻重，因为如果你不是碰巧知道我日记里所说的“拍摄”场景，那么，要找到一种东西来替代我要说明的真相是很困难的。现在我得走了，留下你与曾经的我同在……

forewarnings

预告

十月的一个早晨，我利用十七日放假的时间[1]去了科尔多瓦。我们待在阿尔维托·格拉纳多家的葡萄树下喝着甜马黛茶[2]，一边对“难捱的日子”里发生的新闻时事评头论足，一边叮叮当当地修理着“大力神Ⅱ”[3]。阿尔维托被迫辞去了圣弗朗西斯科–德尔查尼亚尔的麻风村的工作。对此，他懊悔不已。他还不断抱怨说目前他供职的西班牙医院待遇太差。我虽然也辞了工作，但我的心情和他截然相反，我是高高兴兴离开的。话虽如此，我多少还是有些不自在，因为我天生好幻想，我已经受够了医学院、医院和考试。

沿着梦想的道路，我们来到了几个遥远的国度，航行于热带海洋，游遍了全亚洲。突然，就和梦中一样，一个问题钻进了我们的脑海：

“我们为什么不去北美？”

“北美？但是怎么去啊？”

“骑‘大力神’去啊，伙计。”

旅行就这样决定了，它从没背离那时候定下的基本原则：随机应变。阿尔维托的兄弟们也加入进来，和我们一起品着马黛茶。我们郑重承诺：永不放弃，直至梦想实现。我们立马就开始办理签证、证书、档案等无聊的事情，可谓克服了现代社会在未来旅行者道路上设置的种种障碍。为了不至于丢脸，我们决定宣布去智利，以防意外发生。

---

[1] 当时为纪念胡安·庇隆一九四五年从狱中获释而定的国家假日。庇隆将军于一九四六至一九五五年及一九七三至一九七四年逝世前，担任阿根廷总统。——原注

[2] 阿根廷“国茶”，一种类似茶的饮料，由马黛叶泡成。——原注

[3] 格拉纳多的诺顿500摩托车，名为“大力神Ⅱ”。——原注

我出发前的首要任务就是尽可能多地参加各科考试，而阿尔维托则为长途旅行备车、研究、计划路线。那时候，我们根本没有想过途中我们会遭遇多大的艰难险阻，我们的眼里只有前方路上飞扬的尘土，而车背上的我们正风雨兼程，风驰电掣般地向北挺进。

discovery of the ocean

发现大海

一轮满月映衬着大海，银色的倒影笼罩着大海的波涛。我们坐在沙丘上，看着潮涨潮落，每个人的心里都思绪万千。对我而言，大海永远都是我的知心密友，一直默默倾听我诉说心中的秘密，但从来不会泄露半句。它还总是能给我最好的建议——因为我们可以选择任何方式来诠释它那意味深长的喧闹声。对阿尔维托来说，那是一派奇异而又激动人心的全新景象，他两眼紧紧注视着沙滩上潮起、潮涨、潮退，显得十分惊奇。几近而立之年的阿尔维托，还是生平第一次看到大西洋。他已经完全被眼前的景象所折服，大西洋化作千万条细流奔向世界的每一个尽头。清风徐徐，大海的力量和情绪占据了我们的感官，万物都在它的轻拂下改变。甚至那小鼻子高高在上古里古怪的“归去来兮”[1]，也目不转睛地盯着眼前这些瞬息万变、纷纷展开的银色丝带。

“归去来兮”既是一个象征，也是一个幸存者。说它是一个象征，那是因为希望我早日归来团圆；说它是一个幸存者，那是因为它屡遭噩运，却都大难不死——它两度从摩托车上摔下，其中一次它和狗袋一起从车后架上飞了出去。它还接连拉了几天肚子，甚至被马踩过，却都安然无恙。

我们到达了马德普拉诺北部的格塞尔镇。在叔叔家我们受到了热情款待，在走过第一个一千二百公里后我们终于有机会补充给养了。看上去这是最为轻松的一段路程，然而它着实已经给了我们对于距离的敬畏感。我们不

---

[1] Comeback，这是埃内斯托准备送给女友齐齐娜的一只小狗的英文绰号。此时齐齐娜正在米拉马尔度假。——原注

知道最终我们是否会到达目的地，但是可以肯定前方的道路必定布满荆棘——至少这就是我们此刻最真实的想法。阿尔维托把那份无比详细的旅行计划拿出来好好自嘲了一番，因为按照那份计划，此时旅行应该接近尾声了，而事实上我们的旅行才刚刚开始。

我们满载着叔叔“捐献”给我们的蔬菜和肉罐头离开了格塞尔。叔叔让我们一到巴里洛切就给他发一份电报，因为这样一来，他就可以用这个电报号码购买一张同号的彩票。在我们看来，这似乎有些过于乐观，因为别人总是含沙射影地嘲笑我们骑那辆车是想趁机慢跑，云云。虽然我们早已下定决心要证明给他们看是他们错了，但是，即便这样，一种油然而生的忧虑感还是让我们不敢信誓旦旦地宣布旅行一定可以获得成功。

沿着海岸线，“归去来兮”一路保持着飞行员的兴奋感，尽管又被迎面撞了一次，却毫发未损。摩托车很难控制，因为后架超重，所以重心很容易偏离，前轮一个劲地往上翘，这样稍有疏忽就会人仰马翻。我们在一家肉店门前停了下来，买了些肉来烧烤，还给小狗买了些牛奶，但是它居然连碰都不碰。花钱买牛奶确实让人心疼，但是我更心疼的是小狗，我已经开始担心它的健康了。结果我们发现买的居然是马肉。肉甜得发腻，我们实在无法下咽。于是我随手扔了块肉给小狗吃，奇怪的是小狗立马狼吞虎咽地吃了下去。我又给它扔了一块，结果还是一样。看来，从此小狗再也不用牛奶喂养了。在米拉马尔，“归去来兮”的出现引来了不少“粉丝”的尖叫，在这片尖叫声中，我开始……

...lovesick pause

……为爱停留

写这篇日记的目的并不是真正为了记录在米拉马尔的那些日子，在米拉马尔“归去来兮”找到了新家，而“归去来兮”这个名字就是因为这个特殊的新主人而取的。在犹豫不决中，我们的行程也因此耽搁了。我在等待她的应允，等待她告诉我愿意为我守候。

阿尔维托意识到了危险，尽管他从来没有抬高嗓门，但是他已经开始暗自想象自己偶偶独行于美洲大地的情景了。这是她与我之间的拉锯战。有那么一会儿，当我自认为胜利地离开时，奥特罗·席尔瓦[1]的诗句不时在我耳边鸣响：

站在船上
我听到水花翻溅
她赤裸的双足
透过彼此的脸
感受饥渴的黄昏
我的心
摇摆于她与远方之间
我不知道　在何处寻找一种力量
让我挣脱她的眼神
她的臂弯
她站在雨丝和玻璃窗后
哀哀地哭泣　脸上乌云满布
却喊不出口：等等，
我要随你而去！

---

[1] Miguel Otero Silva（1908—1985），委内瑞拉左翼诗人、小说家。——原注

然而后来我在想，漂流的木头被潮水冲上它梦寐以求的沙滩时，它是否真的有权利说："我胜利了"呢？但那都是后话了，对现在没有任何意义。我原本只计划逗留两天时间，不曾想一拖八天时间就过去了，带着离别时苦涩而甜蜜的滋味，带着根深蒂固的哮喘，最后我觉得自己完全被冒险旅行的风刮走了，去往我想象中的更为神奇的世界，潜入远比想象中更加离奇的情境中。

我记得那天我的朋友——大海——保护了我，把我从苦难的地狱边缘拉了出来。沙滩一片荒凉，岸上海风凉飕飕地吹着。我的头靠在大腿上，把自己拉近地面，周围的一切让我感到无比静谧。整个宇宙有节奏地漂流，应和着我发自内心的声音的律动。突然，一阵更猛烈的狂风带来了一阵非同寻常的潮声，我惊讶地抬起头来，却发现空无一物，原来只是虚惊一场。我又低下头来，靠在舒服的大腿上，重返旧梦。接着，我最后一次听到大海的警报。它那震耳欲聋的节奏捶击着我的内心堡垒，也威胁着海面壮阔的宁静。

我们有了一丝凉意后便离开了海滩，逃离了扰人揪心的场面。大海在小小的海滩上翩翩起舞，无视自身的永恒定律，时不时发出警示音符。但是，恋爱中的男人（阿尔维托的措辞更加直白，也不够文雅）无暇倾听来自大自然的这般呼唤。在别克车的大肚子里，我宇宙中的中产阶级的那一面尚在酝酿之中。

对于每一个成功的探索者而言，第一戒律就是：凡是远征都有两“点”，一是起点，二是终点。如果你想让第二个理论上的“点”和实际的终点相吻合的话，那就不要考虑任何方法——因为旅途是个虚拟的空间，该到终点的时候自然就会到终点，到达“终点”的途径很多，方法自然也很多。也就是说，方法是无穷无尽的。

我还记得阿尔维托的忠告：“带上她的手镯吧，否则你将不再是你。”

齐齐娜的双手消失在了我制造的空洞里。

“齐齐娜，那只手镯……我能带上它吗？它会为我指路，还会让我时常想起你。”

可怜的女孩儿！世人皆说黄金好，但是我知道，金子并不重要。她的纤纤玉指紧紧握着手镯，她是在掂量爱的分量，是爱促使我开口要那只手镯的。至少，那是我真实的想法。阿尔维托打趣说，你那二十九克拉足金的爱，还用得着纤纤玉指来掂量？

until the last tie is broken

抛开最后的羁绊

我们离开了，下一站是内科切阿，阿尔维托的一位大学同窗在那里行医。早上的行程很顺当，到达的时候正好赶上牛排午餐。阿尔维托的朋友对我们热情有加，但是他的太太似乎从我们的纯波希米亚风格中捕捉到了危险，对我们并不是那么热情。

“你只差一年就能获得行医资格，但你还是选择了离开？你不知道什么时候才回来？为什么？”

她不断追问，但我们又不能给她确切的答案，为此她有点害怕。她表面上对我们以礼相待，但是敌意却摆在脸上，尽管她知道（至少我认为她知道）最后胜利的肯定是她，因为她丈夫并不是我们“救赎”的对象。

在马德普拉诺，我们也拜访了阿尔维托的一个医生朋友，他是庇隆党党员，因此也享受着一系列特权。但是内科切阿的那位医生仍然效忠于激进党。不过，对我们而言，这两个党派都很遥远。我觉得，支持激进党绝不是一个靠得住的政治立场，这对阿尔维托来说也越来越没什么意义，虽然他曾经和他尊敬的那些激进党领导人走得很近。

这对夫妇好吃好喝地收留了我们三天。谢过他们之后，我们再次跨上我们的坐骑，向布兰卡港挺进，尽管略显孤独，但是自由了许多。朋友们都在那儿等着迎接我们，这次是我的朋友，他们也对我们无比热情、好客。我们在这个南部港口逗留了几天，一边修车，一边漫无目的地在城里闲逛。这些日子是我们不必为钱发愁的最后时日。之后，由于囊中羞涩，只好严格控制饮食，肉啊，玉米糊啊，面包啊，可不是那么容易吃到了。如今连面包里也夹着一丝警告的味道：“老兄，接下来我可不是那么容易得手了。”一想到这里，我们就更加狼吞虎咽了。我们想和骆驼一样，为未来的旅途做好粮食储备。

在我们离开的前夜，我病倒了，咳嗽，发高烧。于是我们拖延了一天才离开布兰卡港。最后，在下午三点的时候，我们顶着炎炎烈日离开了，没想到我们到达梅达诺斯周围的沙丘时太阳更毒了。由于重量分配不均，我们的摩托车总是来回跳动，不听使唤，轮子也一个劲地打滑。阿尔维托使出浑身解数跟沙子斗起法来，而且坚称他一定能够取得胜利。但是，唯一可以确定的是，在我们踏上平地之前，我们在沙堆里已经舒舒服服地休息了六次。然而，不管怎么说，我们终究还是走出了沙地。我的搭档就凭这一点，口口声声说他战胜了梅达诺斯沙地。

从这儿开始就由我来掌舵了。为了弥补失去的宝贵时间，我猛踩油门，加快了行车速度。不料，有一段弯路上尽是细细的沙子，只听见嘣的一声——这是整个行程中摔得最惨的一次。阿尔维托居然毫发未损，而我的一只脚却被夹住了，而且还被汽缸烫伤。由于伤口久久不能愈合，所以那道讨厌的疤痕过了很久才消失。

之后又下了一场倾盆大雨，我们不得不到就近的一个农场避雨。但是，要到农场还得沿着泥泞的羊肠小道上行大约三百米，途中我们又被撞飞两次。农场主对我们的到来表示十分欢迎。我们第一次行进在没有铺沥青的路上的情景可谓惊心动魄：仅一天时间，总共就摔了九次。睡在行军床上（从今往后我们就只能睡行军床了），躺在我们蜗牛一般的坐骑“大力神Ⅱ”旁，我们仍然带着那份喜悦之情急切地展望着未来。我们仿佛能够更加自由地呼吸更清新的空气，其中还夹杂着几分冒险精神。遥远的国度、英雄的事迹、如云的美女不停地在我们波涛汹涌的脑海中打转。

尽管已经相当疲惫，但我的双眼却拒绝入眠。眼中浮现的是两个绿色的斑点：一个是已经被我远远甩在身后的世界，一个则是我所追求的所谓解放。在我飞越世间的山川大地、江河湖海的过程中，它们的形象始终与我这非凡的旅途同在。

for the flu, bed

治流感，得卧床

漫漫长路，总算无惊无险，摩托车不断发出对无聊的抗议，我们也累得气喘吁吁。在砾石铺的路面上开车足以把愉快的远足变成累活儿。我们只好不断轮流骑车，夜幕降临时，我们歇了歇脚，更想先好好睡上一觉，睡醒了再赶往乔埃莱·乔埃尔这个大城镇，到了那儿我们有机会享受免费住宿。所以我们停在了本哈明·索里利亚，舒舒服服地在火车站旁的一个房间暂时安顿下来，接着就睡得死死的。

第二天一大早我们就醒来了，但我去取水泡马黛茶的时候，一种异样的感觉迅速传遍了全身，紧接着就一个劲地发抖。十分钟后我像着了魔似的，情不自禁地抖个不停。服了奎宁片也不起作用，头像拨浪鼓似的不断敲打出奇怪的韵律，怪异的颜色杂乱无章地轮流掠过周围的墙壁，在一阵翻江倒海之后，我呕出了一些绿色的东西。一整天就是这样过来的，没办法吃半点东西，直到晚上感觉好点了，才爬上摩托车，靠在阿尔维托的肩上一路睡到了乔埃莱 · 乔埃尔。我们在那儿拜访了巴雷拉医生，他是一家小医院的院长兼议员。他友好地接待了我们，并给我们安排了一个房间休息。他开了一疗程的盘尼西林，四个小时后烧就退了，然而每当我们提到要出院时他便摇了摇头说：“治流感，得卧床。”（没办法，这就是他开的处方，谁让我们没有更好的处方呢？）所以我们只好乖乖听话，在那儿待了几天，被悉心照料着。

我穿着医院的一套行头让阿尔维托拍照。我那造型简直酷毙了：两只充血的大眼睛显得无比憔悴，还有那滑稽的大胡子，留了几个月了都还原封不动。可惜照的效果不是很理想。它记录了我们身处的不同环境，同时也见证了我们探寻的地平线，最终远离“文明”的地平线。

一天早上医生没有像往常一样对我们摇头。这就表示可以出院了。不到一个小时我们就出发了，一路向西，向我们的下一站——湖区——挺进。路上摩托车开始有些上气不接下气，种种迹象表明它有点吃不消了，特别是车身部分，我们没少用阿尔维托最爱的零件——电线——修理过。他不知道从哪里引用了奥斯卡·加尔维斯[1]说的这句话：“只要一截电线顶得上一颗螺丝，就给我电线，这样比较安全。”至少在电线这个问题上，我们是站在加尔维斯一边的，我们的双手和裤子就是铁证。

已经到了晚上，而我们依然在寻找有人烟的去处。我们的摩托车没有前灯，夜里在野外行驶有些不妥。我们用手电筒照明，缓缓向前行驶，这时摩托车里传出一声奇怪的噪音，我们弄不明白是哪儿出了问题。手电筒的光很微弱，我们一时也找不出原因，只得就地扎营过夜。我们竭力先安顿下来，搭起帐篷后便慢慢爬了进去，希望一头睡死，挨过饥渴（因为附近没有水源，我们也没有肉）。然而没过多久，刚刚还是晚风轻拂，这会儿突然狂风大

[1] 阿根廷汽车拉力赛冠军车手。——原注

作，把帐篷连根拔起，把我们赤裸裸地曝露于荒郊野外、彻骨寒冷之中。我们不得不把摩托车系到电线杆上，把帐篷披在车上作为保护，人就躺在后面。飓风即将来临，行军床是用不着了。这一晚过得很不舒坦，但最后我们的睡意终于战胜了严寒、飓风，还有一切。我们早上九点醒来时，已经是日上三竿了。

大白天底下，我们发现那可恶的噪音原来是由于车架前半部断裂造成的。现在，我们一定得好好修修了，于是我们到了一个镇上，准备在那儿焊接车梁。我们的老朋友——电线——暂时解决了问题。然后马上打包出发，也不知道离最近的住所还有多远。让我们喜出望外的是，我们才过了第二道弯就看到了一座房子。主人用上等的烤羊肉热情地招待了我们，顿时饥饿烟消云散。从那儿出发，我们走了二十公里到了一个叫彼德拉-德阿吉拉的地方，终于可以焊接摩托车了。但是，那时已经很晚了，所以我们决定在修车师傅家里过夜。

除了一些小碎裂外，摩托车并没有大碍，所以我们继续若无其事地前往圣马丁-德洛斯安第斯。快到那儿的时候，我骑着车在流水潺潺的小溪旁铺满美丽沙砾的拐弯处狠狠摔了一跤。那是我们在阿根廷南部第一次真正意义上的摔跤。这次“大力神Ⅱ”车身损伤惨重，所以我们不得不停下来。最糟糕的是，我们最担心的事情发生了：后胎破裂。于是我们不得不卸下所有的包裹修车，我们还得解开缠在行李架上的电线，然后摆弄外胎，结果我们可怜的撬棍根本不起作用。最后花了两个小时终于换好了漏气的胎（我得承认，我们确实有点懒）。傍晚我们到了一个农场，农场主是个非常好客的德国人，碰巧以前也收留过我的一个叔叔过夜。叔叔是个老旅行迷，这点我跟他极像。他让我们在农场的河里钓鱼。阿尔维托抛出钓鱼线后，还没缓过神来，鱼钩末端就跳上了一条彩虹色的鱼，阳光下鱼鳞闪闪发光，正是既好看又好吃的彩虹鳟鱼（烤完加上调料更觉得如此，因为我们都饿昏了）。我烤着鱼，阿尔维托由于首战告捷显得很兴奋，一次次抛出钓鱼线。尽管苦苦鏖战了几个小时，却再也没有鱼儿上钩。看到天色已晚，我们只得收拾了东西，到农场劳工的厨房里过夜。

早上五点，厨房中央的巨大火炉被点燃了，整个地方顿时烟熏火燎。农场劳工们互相传递着苦马黛茶，同时嘲笑我们的马黛茶是“小女孩喝的”。在那个地方，人们都是这样形容甜马黛茶的。他们一般不主动和我们交流，因为他们是典型的阿劳坎族人[1]，他们曾经被白人征服，而且过去饱受白人带给他们的种种不幸与剥削，因此他们对白人怀有很强的戒备心理。我们在问到土地和工作的问题时，他们总是耸耸肩，然后说“不知道”或者“也许吧”，很快我们就没话可说了。

农场主给了我们很多樱桃来填满肚子，我们最后都吃撑了，结果后来吃李子的时候实在吃不下，只好躺下好好消化。出于礼貌，阿尔维托还是吃了几口。我们贪婪地爬上树大吃特吃，好像在比赛谁能够先把它们消灭完。农场主的一个儿子看着我们，简直不相信我们这两个衣衫褴褛的饿鬼是医生，尽管这样他还是一言不发让我们吃了个够。最后我们都吃到这分上了：我们得走得很慢很慢，生怕踩到自己的肚子！

我们修好了脚踏起动器，解决了其他小问题后就重新上路，前往圣马丁–德洛斯安第斯。到那儿时，天刚刚黑。

---

[1] Araucanian，智利中部的南美印第安人群体。

san martín de los andes

圣马丁-德洛斯安第斯

道路在地势低洼的山麓小丘间迂回前进，这便是雄伟的安第斯山脉的起点，然后沿着陡坡下行到达一个不起眼的、破落的小镇，与周围的雄峰峻岭、林木森森形成了鲜明对比。圣马丁位于黄绿色的斜坡上，斜坡缓缓融入蓝色幽深的拉卡尔湖，那是一小片宽三十五米、长五百公里的狭长水域。当它作为旅游胜地被人意外“发现”时，镇上的气候及交通等难题都迎刃而解了，同时小镇居民的生计也得到了保障。

我们打算在当地的诊所求宿，不料失败而归，还好有人告诉我们不妨用同样的策略到国家公园办公室试一试。公园主管同意我们待在里头的一个工具棚里。之后，守夜值班员到了，他是个体重达一百四十公斤的胖子，板着一副冷若冰霜的脸，没想到他对我们非常友好，还允许我们在他的小屋里煮东西吃。第一天晚上过得无比美好。我们在棚里过夜，睡在稻草上，感到心满意足、十分温暖——因为夜里特别冷，所以在这一带都备有稻草御寒。

我们买了些牛肉，然后沿着湖岸走了走。在浓密的树荫下，茫茫荒野阻止了文明行进的脚步。我们计划在旅行结束后，在这儿建一座实验室。于是，我们不禁浮想联翩：透过大窗户，一整个湖区尽收眼底；冬天用白色把大地裹得严严实实；我们划着无篷小船穿梭于湖面上；或是泛舟垂钓；或是整日整日地徜徉于原始森林。

虽然在旅途中，我们经常渴望驻足于那些令我们心潮澎湃的人间仙境，但唯有亚马孙森林和这个地方才能唤起我们内心深处驻足长留的渴望。

现在我明白了，我的命运就是旅行，或者更恰当地说，旅行就是我们的命运，因为阿尔维托也有同样的感觉。这一切既好像命中注定，又好像事实就是如此。然而，有时南方的美景也会让我心驰神往。也许有一天，等我已经厌倦了环游世界，我会回到阿根廷，在安第斯湖区安顿下来，就算不是久住也至少会住些时日，在那儿或许我的世界观会有所改变。

黄昏时分，我们开始返回。到达之前，天已经黑了。我们惊喜地发现守夜值班员唐佩德罗·奥拉特已经给我们准备好了美味的烧烤。我们买来酒回敬了他，然后一反常态，狼吞虎咽。我们一边吃一边对烤肉的鲜美赞不绝口，说只怕不久以后我们再也不能像在阿根廷一样开怀大吃了。唐佩德罗听了之后告诉我们，下周日当地有一场摩托车赛，届时他会为车手们筹备一次烧烤大宴，他想找两个帮手。于是，他就把这份差事交给了我们。“你们可听好了，我可不会付你们工资。不过，你们可以捎些肉，以后慢慢吃。”

这个主意听起来不错，于是我们立马就接了这份活，当起了“南阿根廷烧烤大爷”的第一、第二助手。

我们这两位助手怀着无比的宗教热情虔诚地等待着星期天的到来。那天早上六点，我们开工了：第一件事就是把柴火搬上卡车，然后运到烧烤的地方。我们就这样马不停蹄地干到了上午十一点，这时只听一声令下，众人便飞奔而去，抓起美味的排骨就是一阵乱啃！

发号施令者是一个非常古怪的人，每次我一提到“他”就毕恭毕敬地称“他”为“夫人”。有一位工友看不下去了，提醒我说：“嘿，切，老弟，别把唐彭顿惹毛了，他会生气的。”

“谁是唐彭顿啊？”我带着愣小子常有的那种天真表情问道。结果，他说唐彭顿就是我整天“夫人”长“夫人”短叫着的那个人，我着实吃惊不小，但是没隔多久我就缓过神来了。

烧烤的时候，通常给每个人的肉量都绰绰有余，这次也不例外。所以，我们就放开肚皮山吃海喝，准备像骆驼一样继续旅程。此外，我们还执行了一项周详的计划。我假装越喝越醉，时不时地装出马上就要呕吐的样子，然后再藏一瓶红葡萄酒在皮夹克里，踉踉跄跄晃到河边。这样连续五次下来，我们已经搬了五瓶同样的红葡萄酒到柳树下，搁在水里冷藏。终于到了曲终人散的时候，我们也该装好车，把东西运回镇里了。我还得继续装疯卖傻，故意装作懒洋洋的，不愿意干活，还老是找唐彭顿吵架。演到最后，我干脆仰面躺倒在草地上，一动不动了。这时，阿尔维托以我的挚友的身份登场了，他忙不迭地向老板赔不是，车子开走后还专门留下来照看我。引擎的声音渐渐消失在远处之后，我们一跃而起，像小马驹似地冲向我们藏酒的地方，心里想，这下子够我们开怀豪饮上几天了。

阿尔维托率先冲到柳树下，他的脸突然像喜剧演员一样僵住了；哪里还有一瓶酒的影子！要么是我当时装醉装得不够逼真，要么就是有人瞧见我们偷偷摆弄这些酒。现在倒好，到头来还是竹篮打水一场空，一瓶酒也没捞着！在我假装喝得酩酊大醉、大撒酒疯的时候，我明明记得有人冲我不怀好意地讪笑。我们把那些人的面孔在心里过了个遍，希望能够发现蛛丝马迹，顺便找出小偷，结果徒劳无获。最后，我们只好费力地拖着一块面包、一些奶酪和几公斤肉步行回到镇上。我们吃饱了，也喝足了，但是一点精神也提不起来，不是因为葡萄酒没了，而是因为我们被人耍了。这种感觉根本无法言表。

第二天下着雨，气温很低，我们觉得比赛肯定无法进行。我们准备雨一停就到湖边煮点肉吃，这时广播突然通知比赛照常进行。于是，我们凭借烧烤助手的身份免费入场，舒舒服服地坐在那儿看着全国的赛车手们上演了一场精彩绝伦的车赛。

就在我们满脑子想着继续上路、在小屋门口喝着马黛茶讨论哪条路最好走时，一辆吉普车开来了，载着阿尔维托的一些朋友，他们来自遥远而神秘的康塞普西翁-德尔蒂奥镇。我们热烈而友好地互相拥抱，随后我们马上找了个地方，开始使劲往肚子里灌那种满是泡沫的液体。朋友相见嘛，就应该开怀畅饮。

他们邀请我们到他们工作的胡宁-德洛斯安第斯镇去，我们同意了。为了减轻摩托车的负担，我们把行李衣物寄在了国家公园的那个工具棚里。

circular exploration

周边探险

胡宁–德洛斯安第斯镇并没有它湖畔的兄弟那么幸运，它只能在一个被遗忘的文明角落刀耕火种。为了让小镇恢复生气，人们在此建了一些厂房。这就是我们的朋友工作的地方。尽管如此，它依然无法摆脱像一潭死水般的单调生活。我之所以说“我们的”朋友，是因为过了没多久我也和他们成了莫逆之交。

第一个晚上，我们在一起回忆了康塞普西翁镇遥远的过去，看着旁边那些似乎取之不尽的红葡萄酒，我们的情绪也一下子高涨了起来。我不胜酒力，所以中途退出睡觉去了。一会儿我就睡得像木头似的，毕竟是真正的床啊，不睡怎么对得起它呢？

第二天我们去了朋友们工作的公司，在他们的车间里修理摩托车。那天晚上，我们的朋友给我们带来了一个华丽的阿根廷式的告别礼：牛羊肉烧烤，外加面包、肉汁和丰盛的沙拉。连续狂欢了几天之后，我们再次热烈拥抱之后离开了这个地方，开始前往卡鲁埃——这个地区的另一个湖泊。路况很糟，我使劲想把摩托车驶出沙堆，可它就是埋在沙堆里不断喘着粗气。第一段路程五千米，我们却足足花了一个半小时，但后来路况有所改善，我们比较顺利地到达了小卡鲁埃湖。这是一个蓝绿色的小湖，四周是树木丛生的小山，而后到了一个更大的湖泊——大卡鲁埃湖，但遗憾的是我们无法驾车绕湖游玩，因为那里只有一条专用马道。当地的走私分子就是顺着这条马道潜入智利的。

我们把摩托车停在护林员的小屋外。护林员不在家，停好了摩托车之后，我们准备爬上面向湖泊的那座山峰。快到午饭时间了，但是我们随身只带了一块奶酪和一些蜜饯。一只野鸭高高地飞在湖面上。阿尔维托估算了一下野鸭的距离，再想想护林员反正也不在，一般也不至于被罚款，然后就开了枪。运气实在是太好了（野鸭可不走运了！），野鸭应声落入湖中。接着就是讨论该谁下水捡猎物的问题。我输了，只能纵身跳入湖中。冰块像长了手指一般紧紧抓住我的身体，几乎让我完全无法动弹。我极其畏寒，再加上又来回游了二十多米去捡那只被击落的野鸭，着实像个贝都因人[1]一样，遭了不少罪。实在太饿了，那只烤鸭吃起来也是有滋有味，算是精美的一餐吧。

吃了午饭后，我们有了不少力气，于是热情满满地出发开始爬山。然而一开始，一大群牛虻就在我们头顶不停地盘旋，一逮到机会就咬我们一口。因为缺乏适当的器械和经验，我们爬得筋疲力尽。经过几个小时之后，我们才疲惫不堪地登上了山顶。令我们大失所望的是，山顶并不能饱览全景，周围的山峰遮盖了一切。无论朝哪个方向看总有更高的山峰挡在前面。在白雪皑皑的山顶开了几分钟玩笑后，渐渐暗下来的天色给我们敲响了警钟：是该下山的时候了。第一段山路倒还好走，但后来引领我们下山

[1] Bedouin，中东沙漠讲阿拉伯语的游牧民族。

的小溪变成一股湍急的河流，两侧变得陡峭平滑，石块变得无比光滑，走在上面很困难。我们不得不抓着边缘的柳条前行，最后到达一个厚密危险的芦苇区。夜幕降临，我们被笼罩在一片诡异的嘈杂声中。我们感觉每走一步似乎都在迈向虚空。阿尔维托的护目镜丢了，而我的裤子也被刮成了破布。我们最后终于来到了一片林木带，从那儿开始，我们每走一步都格外小心，因为四周漆黑一片。我们的第六感明显加强，时刻感觉周围都是万丈深渊。

在深深的泥泞中跋涉了很长很长一段时间后，我们发现小溪汇入了卡鲁埃湖，几乎同一时间树木也消失了，我们到达了平地。一只体形巨大的牡鹿像光一样闪过，身体在月光的映衬下闪着银色，它穿过小溪，然后消失在灌木丛中。像这样的大自然的震颤真可谓扣人心弦。我们蹑手蹑脚，徐徐向前，生怕惊动了荒野圣殿的宁静，因为我们正在和它进行着心灵的沟通。

我们蹚过一条细细的水流，水刚好没过我们的脚踝，那轻轻的一触让我想起了讨厌至极的冰手指，接着我们就到了护林员的小屋前。他非常热心地给我们端上了热腾腾的马黛茶，还拿出羊皮给我们当垫子，于是，我们一觉睡到了第二天中午。醒来时已经是十二点三十五分。

回程我们骑得很慢，路上经过的那些湖泊只能说还凑合，比起卡鲁埃湖逊色不少。最后到达了圣马丁，唐彭顿给我们每个人十比索作为烧烤助手的工资。于是我们继续向南前进。

dear mama

亲爱的妈妈

一九五二年一月
去巴里洛切的路上

亲爱的妈妈：

您很久没有收到我的消息了，同样，我也很久没有收到您的任何消息了，对此我深感担忧。在这寥寥数行中，我无法把旅途中的所见所闻一一告诉您。我就说说我们离开布兰卡港两天后的事情吧。我突然病倒了，四十度高烧，不得不卧床休息了一整天。第二天早上我挣扎着起床，但还是被送进了乔埃莱 · 乔埃尔地区医院。医生给我开了一剂盘尼西林，这种药可很少有人听说过。服用之后，四天后我就康复了……

我们凭着往日的足智多谋，解决了途中困扰着我们的成百上千个难题，终于来到了圣马丁－德洛斯安第斯。这里有一个绝美的湖泊，坐落于原始森林之中，宛如人间仙境。您一定得来看看，我觉得您一定会不虚此行。我们的脸已经粗得像金刚砂了。我们每到一处有花园的房子，就会到那儿寻求食宿，以及能提供给我们的其他任何东西。我们最后在冯 · 普特纳莫家的农场落脚。他们是豪尔赫的朋友，特别值得一提的是那个总是喝得醉醺醺的庇隆主义者，他是三个人当中最好的一个。我已经能够诊断一个枕骨区肿瘤病例，那可能是由棘球蚴囊引起的。所以，我们得等等看再走。我们两三天后会前往巴里洛切，路上我们也可以悠着点。如果您的信能在二月十日或者十二日前到的话，您就给我寄封信留局待取。好了，妈妈，下一页我是写给齐齐娜的。向每个人转达我的问候，记得一定要告诉我爸爸是不是在南方。

一个来自您的儿子的深情拥抱。

on the seven lakes road

在七湖路上

我们决定沿着七湖路前往巴里洛切，七湖路顾名思义就是从这条路一直到城里一共得绕七个湖。前几公里“大力神Ⅱ”一直都很平稳，不紧不慢，而且没有出任何机械故障。夜幕降临的时候，没想到那晚居然冷得出奇。为了能够在修路工的小屋里睡上一宿，我们只好把破旧的前灯拿出来说事儿。没想到这一招儿还真灵。那晚真是极度严寒，很快就有人敲门，说是要借些毯子，因为他和妻子在湖边露营，都被冻僵了。我们出去和这对坚忍的夫妇分享一壶马黛茶。这对夫妻已经在湖边生活了一段时间，靠的就是一顶帐篷和背包里的那些东西。在他们面前，我们无地自容。

我们再次出发了，越过形态万千的湖泊，湖的四周是层层叠叠的原始森林，荒野中散发出的清香不断抚慰着我们的鼻孔。但是奇怪的是，看惯了这湖泊、森林、孤零零的房子、井井有条的花园，我们居然有了一种腻烦的感觉。浮光掠影地领略自然风光，只能让人捕捉到一种千篇一律的单调感，而不能让人充分融入这个地方的意境之中；所以，至少必须停下来几天。

我们最后到达了纳韦尔瓦皮湖的最北端。心满意足地吃完烧烤大餐后，我们便在湖岸上睡着了。但是当我们重新上路的时候，我们发现后胎穿了一个孔。打从那时起，一场冗长乏味的“内胎战”便打响了。每次我们补好一边，另一边的胎又穿孔了。补着补着，补丁就用完了，没办法，只好就地过夜。一个奥地利门卫，年轻时做过摩托车手，他让我们在空货棚里过夜，一方面他很想帮助无助的同行车手，另一方面他又害怕他的老板，于是夹在其中进退两难。

他用并不流利的西班牙语告诉我们，这个地方有美洲狮出没。“美洲狮十分凶残，它们攻击人的时候无所畏惧！它们长着许多金黄色的鬃毛……”

我们打算关门的时候才发现，那扇门看起来像马厩的门，只有下半部分关得起来。我们脑子里装的全是美洲狮的影子，所以，我赶紧把左轮手枪放在枕头旁防身，以防美洲狮午夜时分悄悄来袭。第二天，天刚破晓，听到爪子抓门的声音，我一扑棱就醒了。阿尔维托躺在我边上，吓得一言不发。我手里紧紧握着左轮手枪，保险已经打开了。在树的剪影中，两只明亮的眼睛死死地盯着我。这双眼睛像只猫一样突然向前弹起，黑色的躯体也随之跃进门来。

完全出于本能，理智的刹车失灵了。我在自我保护的冲动下扣动了扳机。炸雷般的轰鸣声先是击中了墙体，而后又在四面墙之间来回响彻。过了许久，门口出现了一把熊熊燃烧的火把，接着有人朝我们歇斯底里地大声嘶喊。我们怯懦地沉默着，那时我们知道，或者至少能猜到为什么那个门卫会撕心裂肺地叫喊，为什么他的妻子会扑在那只动物的尸体上歇斯底里地哭泣，因为那是她的波比，尽管那是条惹人生厌的恶狗。

阿尔维托去安戈斯图拉找人给我们补轮胎了，我想，我只能在户外露宿了，在那家子眼里，我们已经俨然成了杀人犯，总不能再涎着脸皮求人家再让我们睡一晚吧？幸运的是，另一个修路工的小屋离我们的摩托车抛锚的地方很近，他让我和他的一个朋友在厨房里睡了一夜。半夜里我被雨声吵醒后，准备起身用防水油布把摩托车盖上。由于前两天我拿羊皮当枕头，被刺激得哮喘复发，我决定先拿出呼吸器吸上几口再出去。就在我吸气的当儿，睡在我旁边的同伴也醒了。听到我的喘息后，他突然动了一下，然后一下又不作声了。我可以感觉到他的身体在毯子底下变得十分僵硬，他手里紧紧握着一把刀，屏住了呼吸。前夜发生的事情仍然历历在目，所以，我决定还是待在原地不动，以免被捅，因为在那个地方，臆想症似乎也会传染。

第二天晚上，我们到达了圣卡洛斯–德巴里洛切，并在警察局过夜，等待莫杰斯塔·维多利亚号驶向智利边境。

and now, I feel my great roots unearth, free and...

现在，我觉得自己被连根拔起，又自由，又……

我们在警察局的厨房里避雨，外面风雨大作。我反复阅读着那封令人难以置信的信。就这样，我对家里所有的梦想，以及那些亲戚朋友在米拉马尔给我送行时那种热切的眼神，都毫无理由地轰然倒塌了。我感到筋疲力尽，在半睡半醒中，我听到一个环游世界的囚犯正在和其他人夸夸其谈。那个人胡编乱造了不计其数的新奇的洋玩意儿。听众们对此闻所未闻，因此他轻易就蒙混过关了。我可以听到他那热情洋溢、颇具诱惑力的话语，也可以看到听众为了解故事的来龙去脉，把脸凑得越来越近。

透过层层雾霭，我仿佛看到我们在巴里洛切遇见的美洲医生频频向我们点头说："我觉得你一定能够到达终点，因为你有胆识。但是我认为你最好在墨西哥待上一段时间，那着实是一个令人赞叹不已的国度。"

我突然觉得自己和水手一起飞到了遥远的土地上，远离我现在的生活。一阵强烈的不安向我袭来，我觉得我无法感知任何东西。我开始害怕自己，于是开始含泪写信，但是写不出来，因为即便试了也是徒劳无益。微弱的光笼罩着我们，幻影不时在周围盘绕，但是"她"就是不出现。我仍然深信自己一直深爱着她，直到此时此刻突然我意识到什么感觉都消失了。

我不得不用我的意志把她召唤回来。我得为她奋斗，她是属于我的，我的……我睡着了。

煦暖的阳光照亮了新的一天，出发的一天。那天我们告别了阿根廷。把摩托车弄上莫杰斯塔·维多利亚号并不是一件容易的事，但是，我们最后凭着耐心做到了。把摩托车弄下船同样也很困难。而后，我们就在那被夸大其辞地冠名为布莱斯特港的小湖旁的一小片地方歇脚。上路走了几公里（最多三四公里）后，我们再次回到水路上，这次是一片脏兮兮的绿色湖泊——弗里亚斯湖。

在短暂的水路之后，我们最后到达海关，而后是位于山脉另一端的智利移民局检查站，就这个纬度而言，地势要低得多。在那儿我们又越过了一个湖，湖水来自特罗纳多河，特罗纳多河则源于一座雄伟的同名火山。这片湖名为埃斯梅拉达湖，跟阿根廷的湖泊相比，埃斯梅拉达湖令人叫绝，水温适中，是个泡澡的理想所在，而且动人心弦。山脉高处有个地方叫卡萨潘弋。那儿有一个瞭望台，可以鸟瞰智利的美景。它有点像是一个十字路口，至少当时我觉得那是一个十字路口。我展望着未来，目光穿过智利狭窄的国土，投向更为遥远的土地，脑海里反复闪现着奥特罗·席尔瓦的诗句。

objects of curiosity

好奇心的对象

载着我们的摩托车的那艘大型旧船似乎每个毛孔都能渗进水来。我一边保持着水泵的节奏，一边遨游在白日梦里。我们的摩托车绑在一个硕大无比的精巧装置上，我们俩则在那里挥汗如雨，为自己和“大力神”挣船票。一个医生从我们身旁经过，他从佩乌利亚回来，也搭乘这艘往返于埃斯梅拉达湖的客船。他看到我们半裸着泡在水泵房油腻腻的水里，拼命抽水，努力使船只浮起来，脸上突然出现了好奇的表情。

旅途中，我们遇到过好几个医生，跟他们谈起过麻风病。我们侃侃而谈，稍微有些添油加醋，顿时博得了来自安第斯山另一端的同行们的钦佩。我们的介绍给他们留下了深刻的印象，因为麻风病在智利并不流行，所以他们对麻风病及其患者基本一无所知。他们坦言，至今从来没有遇到过麻风病人。他们告诉我们远处复活节岛上有个麻风村，住有一小群麻风病人。而且据他们说，那个岛很好玩，我们的科学研究兴趣一下子便来了。

这回，鉴于我们“非常有意思的旅行”，这个医生慷慨地表示愿意给我们提供所需的帮助。但是在智利南部度过的那些快乐日子里，当我们还不至于挨饿时，我们是不会显得太过贪婪的。我们只麻烦他把我们引荐给复活节岛之友协会会长，会长就住在离医生不远的瓦尔帕莱索。医生听了之后，高兴极了。

湖上的路线止于佩特罗韦，我们在那儿和每个人一一道别。临走前，我们还给一些巴西黑人女孩摆了些造型，她们说要把我们的照片放在智利南部旅行的纪念册里。我们还给一对环境学家夫妇摆了些造型，这对夫妇来自不知哪个欧洲国家，他们彬彬有礼地记下了我们的地址，说以后要把照片寄给我们。

小镇上有人想找个人把一辆大篷车开到奥索尔诺，正好我们也要去那儿，所以他就问我能不能给他当司机。阿尔维托给我开了个速成换挡班，随后我就严肃地披挂上阵了。颇具戏剧性的是，阿尔维托骑着摩托车在前面开路，我则一颠一簸地开着车跟在后面。每个弯道都是折磨：刹车，踩离合器，一，二，救命，妈妈呀……路沿着美丽的乡村蜿蜒盘旋，环绕着奥索尔诺湖，奥索尔诺火山如同哨兵一般挺立在我们上方。可惜在事故高发的那段路上，我根本无暇欣赏美景。然而，最后却是一头小猪坏了事。我踩刹车、踩离合器的技术还不太熟练，当时我们正在飞速下坡，它突然跑到车前，就让我们给撞上了。

我们到了奥索尔诺，东张西望之后就离开了，继续往北走，我们穿过了美丽的智利乡间，那儿的土地被分成一个个小块，每块都有人耕种，和我们南部地区的贫瘠土地形成了鲜明对比。我们所到之处，友好的智利人都极其热情好客，最后我们于一个星期天到达瓦尔迪维亚港。我们徐步缓行，之后到了当地的报社——瓦尔迪维亚邮报，他们非常热心地写文章报道我们。那时正值瓦尔迪维亚建港四百周年庆，而我们也把此行作为对这座城市的献礼，同时缅怀这座城市以之命名的伟大征服者。报社记者劝我们给瓦尔帕莱索市市长莫利纳斯·卢科写封信，让他知道我们伟大的复活节岛之行计划。

海港里满是我们完全陌生的货物，市场上出售的食物也与我们那里完全不同，典型的智利木屋、瓜索斯[1]特色服装和我们在国内所了解的也有天壤之别。那儿有些美洲本土的东西，完全没有受到侵入潘帕斯草原的异国文化的影响。这或许是因为在智利的盎格鲁–撒克逊移民并没有和当地人通婚，所以土著民族的纯粹性才得以保存，而这种情况在我们国家基本上不存在。

尽管我们狭长的安第斯兄弟跟我们在文化习俗以及语言习惯方面有诸多不同，但是他们一看到我穿着那条只到腿肚子的裤子时，都会惊呼一声："给它们浇点水吧！"这句话可谓国际通用；但是我得澄清一下，这可不是我的个人风格，而是从一个身材矮小但慷慨大方的朋友那里"继承而来"的。

[1] 智利农民。——原注

the experts

专家

智利人的热情我是怎么夸也不嫌累的，正是因为如此，我们在这个邻国旅行时才会感到如此惬意。我们就充分利用了这一点。我从被单下逐渐醒了过来，心里想这么好的床那得值多少钱啊？同时我心里还盘算着，昨晚那顿饭里总共有多少卡路里啊？接着，脑海中浮现出最近发生的一连串事情：“大力神”破胎，我们困在雨中，前不着村，后不着店，真是束手无策；劳尔慷慨帮助，我们现在正睡在他的床上；还有，我们接受了特木科《南方报》的专访。劳尔是个兽医学专业的学生，看起来学习并不是很用功，他把我们那辆破旧的摩托车抬起来放在他的卡车上，将我们带到了位于智利中部的这个宁静的小镇。老实说，搞不好我们的朋友可能有那么些时候，还真希望自己从来没有遇见过我们呢，因为我们的出现，搅得他那晚连觉也睡得不踏实，但是他要怪也只能怪自己，谁让他在我们面前使劲吹他在女人身上花了多少钱，还说要邀请我们去卡巴莱[1]玩一个晚上，费用全包在他身上云云。承蒙他的邀请，我们决定在巴勃罗·聂鲁达[2]生于斯、长于斯的土地上多逗留些时日，后来我们也加入了吹牛大会，吹得不亦乐乎。当然最后他和盘托出了那个不可避免的问题（没钱！），这就意味着我们得推迟参观那个会让人乐不思蜀的娱乐场所了，作为补偿，他决定为我们提供食宿。所以凌晨一点钟的时候我们到了他家，以秋风扫落叶之势把桌上所有的东西消灭得干干净净。桌上的饭菜确实不少，加上后来上的那些，我们的确吃得心花怒放。然后我们就借用了主人的床，因为他老爸被调到圣地亚哥去了，

[1] cabaret，一种有歌舞表演助兴的餐馆或夜总会。

[2] Pablo Neruda（1904—1973），智利诗人。

所以房子里也没剩下什么家具。

早上，尽管已经日上三竿，阿尔维托仍然雷打不动地继续酣然大睡。而我则慢慢穿戴，其实这并不难，因为我们晚上睡觉的穿戴跟白天唯一的不同就是，白天我们穿着鞋。报纸上花了许多版面大肆渲染我们的事迹。这些报道实在和我们每天过的一穷二白、有一顿没一顿的生活形成了鲜明对比。然而我实在对他们登的这些东西不感兴趣，倒是一则在二版用大字登出的当地新闻引起了我的注意。

两名阿根廷麻风病专家
驾驶摩托车环游拉丁美洲

接下来是小字体：

专家已抵达特木科，不日启程访问大拉帕岛[1]

我们的厚颜无耻在这里体现得淋漓尽致。我们二人

[1] 复活节岛。——原注

是美洲的专家，是麻风病学领域响当当的领军人物，行医经验丰富，现已治愈三千名病人，对美洲大陆最重要的麻风病研究中心了如指掌，同时，对这些中心的卫生状况也颇有研究。今天我们终于拨冗莅临这个风光旖旎又略带几分忧郁凄迷的小镇。我们希望当地人会明白我们对该镇的尊重之情，但是实际如何我们也不得而知。主人一家子很快都围着这篇报道打转，而对其他内容则嗤之以鼻。所以，就这样沐浴在他们的仰慕中，我们告别了那些自己甚至连名字都记不得的人。

此前我们曾请求把摩托车停在郊区一户人家的车库里。这会儿我们就启程往那儿赶了。此时，我们再也不是当初那对拖着一辆摩托车的流浪汉了。再也不是了，如今我们已经摇身一变，成了“专家”，所以自然有人招待我们吃饭。我们花了一整天时间修理、调试摩托车，还时不时地有皮肤黝黑的少女给我们端来一些小点心。下午五点，我们吃完主人准备的美味的下午茶之后，便告别了特木科，往北行驶。

the difficulties intensify

困难加剧

离开特木科的途中，一开始和往常一样很顺当。不料出了城之后，我们发现后胎破了，只好停下来修理。我们劲头十足地修着，但是，备用胎刚换上去，却发现它也在漏气，原来备用胎也破了。看来我们又不得不在露天过夜了，因为在夜里修车不太可能。但是，此时我们已不再是无名小卒了，我们可是专家。所以，我们很快便找到了一个铁路工人，他带我们到他家里，在那儿我们享受到了国王般的待遇。

第二天一早，我们就带着内外胎到了修车行，先把嵌在里面的几个小金属片取下来，然后再补胎。我们离开的时候天色已暗，临走前我们接受了邀请，在主人家吃了一顿智利风味的特色饭：牛肚，外加几道类似的菜，辣味十足的菜肴和着美味的烈酒一起下肚。和往常一样，智利人用他们的热情把我们征服了。

当然那天我们也没走多远，走了不到八十公里我们就停下来，想在一个公园护林员的家里住一宿，但是他想收点小费。由于我们始终没给小费，所以次日早上吃不到早饭，便饿着肚子郁闷地出发了，打算走完几公里后生堆小火，再泡些马黛茶。我们行进了一小段路后想找个地方歇脚，正在这时，在没有任何预兆的情况下，摩托车来了个急转弯，我们都飞了出去，狠狠地摔倒在地。幸亏阿尔维托和我都没受伤，我们检查了一下摩托车，发现有一条转向杠断了，最严重的是变速箱也被撞得粉碎。我们没法继续前行了。唯一的办法就是耐心等待一辆卡车来把我们的车运到下个镇。

一辆与我们背道而驰的车停下来，车主下车了解一下我们的情况后，提出要帮助我们。他们一再表示，对于我们这样的科学家，不管我们提出什么条件，他们都会竭力帮忙做到。

“你们知道吗，我一眼就认出你们了，因为我在报纸上看到过你们的照片。”他们中的一个人说道。

但是，除了渴望出现一辆顺路车之外，我们对他们一无所求。我们向他们道过谢。这时，附近小屋的主人走过来请我们到他家坐坐，我们就暂时安顿下来喝了些马黛茶。我们在他家厨房喝了几公升茶。在那里，我们还看到了他的乐器——查兰戈琴：板上固定着两个空罐子，三四根约两米长的金属丝紧紧绑在固定了两个空罐子的板上。演奏者戴上一种金属指套，轻拨金属丝，就会弹奏出一种类似玩具吉他的声音。十二点的时候，一辆小货车驶了过来。在我们再三请求下，司机答应带我们到下一个叫做劳塔罗的镇上。

我们在那个地区最好的修车行里找到了一个地方，还认识了一个会焊接的人。这个个儿不高但很友好的男孩叫卢纳。他偶尔会带我们到他家吃午饭。我们分配好时间，一面修车，一面上那些对我们充满好奇而到修车行来看我们的人家里蹭饭吃。隔壁住着个德国家庭，或者说德国后裔，他们待我们十分大方。我们晚上睡在当地的工棚里。

车算是差不多修好了，我们决定次日离开。在当地我们结识了一些伙伴，他们邀我们去喝一杯，于是，我们也决定豁出去，和他们一起开怀畅饮。智利酒真是绝妙，我一顿猛灌，结果到跳乡村舞的时候，我觉得自己完全可以和全世界较量一番了。我们不断地往肚中灌酒，也往脑中灌酒，整个夜晚过得很愉快。修理行有位师傅对我们特别友好，还邀我跟他妻子一起跳舞，因为他刚才把很多种酒都混在一起喝了，感觉不太舒服。他热情的妻子也正在兴头上，我那时满肚子都是智利酒，拉起她的手就领她到外面去。她顺从地跟在我后面，但是突然她注意到她丈夫正看着我们，于是她就告诉我，她还是不去了。我没心思听她解释，于是我和她就在舞池中央吵了起来。我在众目睽睽下开始用力把她朝着一扇门拖去，而后她竭尽全力想踢我，但因为被我拖着，所以她失去了平衡，然后就撞倒在地板上。

于是，一大群跳舞的人勃然大怒，疯狂地追着我们跑，我们就这样跑回了村里。阿尔维托因为没有喝到酒，所以大声号喃，说要不是因为我，那女人的丈夫早就请我们喝酒了。

la poderosa II's final tour

“大力神Ⅱ”的最后旅程

我们早早起了床，解决了一些尚未完成的修理问题后，便逃离了这个不再欢迎我们的地方。但走之前我们还是应邀到修车行旁边的那户人家，吃了最后一顿午饭。

那天，阿尔维托有先见之明，死活不肯骑车，我只好坐到了前座。但是开了没几公里，我们就停了下来修理变速箱。一会儿以后，在过一个急转弯的时候，我的车速稍稍快了一点，后刹车的螺丝掉了。就在此时，一只奶牛的头从弯道的另一头冒了出来，紧接着又来了一大群牛。我紧紧地抓着手刹，但是由于焊接得不好，手刹也断了。有那么一阵子，我只看到两侧有许多牲口从我们身边呼啸而过，模模糊糊的只能看清一点轮廓，而可怜的“大力神”在冲下陡峭的山坡时车速越来越快。万分神奇的是我们只擦伤了最后一头奶牛的腿，但远处却有一条河流正扯着嗓门冲我们嘶吼着。我赶忙把摩托车扭向了公路的另一侧。一眨眼的工夫，摩托车跃上了两米高的河堤，我俩夹进了两块岩石之间，所幸毫发未损。

由于有了“媒体”的推荐，一些德国人收留了我们，而且他们待我们也实在不薄。那天夜里我的肚子闹得特别厉害，我又不好意思把“纪念品”留在床铺底下的罐子里，只好爬出了窗台，把所有的痛苦都抛向了无尽的黑夜和无边的黑暗。第二天早上我探出头想看看情形，没想到两米以下的地方居然是一大片白铁皮，主人就在铁皮上晒桃子，而我增加的“景观”显得格外醒目！我们赶紧连滚带爬地逃走了。

乍看之下，这个小小的插曲似乎无足轻重，但是我们很快就意识到我们低估了破坏程度。每次上坡的时候，摩托车都有些不正常。后来我们上了通往马耶科的坡路，那儿有座铁路桥，被智利人称为“美洲第一高桥”。上坡的时候，摩托车就动不了了。我们浪费了一整天时间等待着某个好心人（化身为卡车）带我们去坡顶。最后，我们终于搭上了盼望已久的便车。当晚，我们在一个叫做库利普利的镇上过夜。由于害怕灾难即将来临，所以，我们早早便离开了。路上陡坡一个接着一个，在第一个陡峭的小山坡上，“大力神Ⅱ”彻底断了气。一辆过路卡车把我们载到了洛斯安赫莱斯，我们把摩托车留在消防队后，便去一个智利陆军中尉家里睡觉。中尉曾在阿根廷受到热情款待，所以一直心存感激，觉得无论做多少事取悦我们都在情理之中。这是我们作为“摩托车流浪汉”的最后一天，下一段路途看来更加艰难，因为我们已经成了“没有轮子的流浪汉”。

firefighters, workers and other matters

消防队员、工人及其他

据我所知，智利的消防队清一色都是志愿者组织。即便如此，智利消防服务的水准也很高，因为在智利许多城镇地区，带领消防队对那些最有能耐的男人来说是一种光荣，因此许多人求之不得。别以为这只是纸上谈兵：至少在这个国家的南部地区，火灾的发生频率是令人瞠目结舌的。我不确定是什么因素导致火灾频频发生，到底是因为大多数建筑物是木结构的，还是因为这个地方的文化水平较低或是教育水平低下，还是其他原因，抑或以上原因兼而有之？但有一点是可以肯定的：我们在消防站待了三天，就有两场大火和一场小火（我可没有暗示说这是平均数目，我只是实话实说）。

忘了解释了，我们在中尉家里过夜后，决定搬到消防站去，因为门卫的三个女儿实在是太迷人了，她们是智利女性优雅气质的代表，无论美丑，智利女性个个清纯可人、举止自然，能够迅速使人着迷。我跑题了……消防队给我们腾出了一个房间，在房间里搭好行军床后，我们就一头瘫倒在床上，像往常一样睡得死死的，同时这也就意味着我们根本听不到外面的警笛声。值班的消防志愿者们压根不知道我们住在那里，所以他们开着消防车匆匆出发了，而我们却一直睡到了第二天上午才起床。起床时，我们才得知前一天夜里发生了什么事情。我们逼消防队员们答应，下一次救火的时候，一定得拉上我们，也让我们凑凑热闹。我们找到了一辆卡车，有望在两天内以低廉的价格，将我们连人带车一起送到圣地亚哥，条件就是我们得帮他们装卸车上的家具。

我们俩都很招人喜欢，无论是消防志愿者还是门卫的女儿们，我们和谁都能聊得不亦乐乎。在洛斯安赫莱斯的那几天一晃就过去了。一直以来，我都在整理和记录我所经历过的事情。在我看来，这座城市的象征就是那熊熊燃烧的火焰。那是我们待在那儿的最后一晚，杯觥交错之中我们表达了依依惜别的真挚情感，之后，我们便蜷缩在毯子里睡了。等待已久的警笛声响彻黑夜，唤醒了那些值班的消防志愿者。警笛声也传到了阿尔维托的床前，阿尔维托一下子从床上跳了起来。很快我们就坐上了“智利–西班牙”[1]消防车，以该有的严肃态度上了岗。消防车风驰电掣般地离开了消防站，警笛的长鸣响了好久就是没有警告到任何人，因为大家都听习惯了，早就没有了新鲜感。

水柱每次一冲上熊熊燃烧的房梁，那幢土木结构的房子都会猛烈地摇晃一下。燃烧的木头持续不断地散发出辛辣的浓烟，对于那些坚忍的消防队员而言，着实是一个大考验。在一阵阵笑声中他们一次次喷出水柱或用其他方法保护着周围的房子。整幢房子有一小块地方没有着火，从那里传来了一声猫的哀鸣。受到大火的惊吓，这只猫居然不懂得穿过余留的小空间逃生，只是不断喵喵地叫着。

---

[1] 几乎所有的智利消防队都有姐妹城市或国家，本例中的“西班牙”即是如此得来。——原注

阿尔维托看到了险情，迅速扫了一眼，又权衡了一下，便矫捷地跃过二十厘米高的火焰，拯救了这个危在旦夕的小生命，并把它交还给主人。阿尔维托至高无上的英雄品质受到了热情洋溢的祝贺和褒扬，在那个借来的巨大头盔底下，他的眼睛里闪烁着喜悦之情。

但是天下没有不散的宴席，又到了和洛斯安赫莱斯说“再见”的时候。“小切”和“大切”（阿尔维托和我）郑重地和朋友们一一握手告别，接着，强健的背上驮着“大力神Ⅱ”尸体的那辆卡车便开始了它的圣地亚哥之旅。

星期天我们到达了圣地亚哥，抵达之后的第一件事就是直奔奥斯丁修车行。我们兴冲冲地带着介绍信去找修车行老板，但郁闷的是我们奇怪地发现修车行大门紧闭。最后我们好说歹说总算让门房把摩托车收了下来。从今往后，我们俩就得靠挥洒汗水赚取路费了。

我们做搬运工历经了三个阶段：第一阶段特别有趣，亏了房东不在家，我们每人各自在破纪录的时间里吃下了两公斤葡萄；第二阶段是在房东回来以后，重活儿自然就接踵而至了；第三阶段阿尔维托发现卡车司机的一个同事自我意识过于活跃，特别是在体能方面——这个可怜虫赢了我们跟他打的所有赌，结果他一个人搬的家具比我们俩和房东加在一起搬的还要多。（后者在我们打赌的时候居然能做到神闲气定、熟视无睹，真神了！）

我们费了九牛二虎之力终于找到了领事大人。最后他终于铁青着脸出现在办公室里（也难怪，那天本来是星期天），后来他让我们睡在天井里。对我们的公民义务等发表了一通尖酸刻薄的谩骂之后，他突然变得异常慷慨，主动提出要给我们二百比索。我们觉得受到了莫大的侮辱，一阵正义凛然之后，断然予以拒绝。要是三个月以后他也这么对待我们的话，那结果就会大相径庭了。真是追悔莫及啊！

圣地亚哥给人的感觉多少有点类似科尔多瓦。虽然这里的生活节奏快很多，交通也拥挤得多，但它的建筑物、街道的布局、天气，甚至这里的人的脸庞都让我们想起了自己那座美洲地中海城市。我们无法很好地了解这座城市，因为我们只能在这儿逗留几天。由于时间紧迫，我们再次上路前必须把许多事情都安排妥当。

秘鲁领事以未收到阿根廷领事函为由，拒绝给我们发签证。阿根廷领事拒绝发函，理由是我们不可能骑摩托车到达秘鲁。所以，我们只能向大使馆求助（小天使还不知道我们的摩托车已经坏了），但是他最后对我们态度变得温和了，还给我们发了去秘鲁的签证，收费四百比索。对我们来说，这可是一笔巨款啊！当时恰逢科尔多瓦的苏基亚水球队访问圣地亚哥。他们中有许多人是我们的朋友，所以在他们比赛的时候，我们礼节性地拜访了他们，他们则请我们吃了一餐智利菜，席间我们不停被劝“吃些火腿，尝些奶酪，喝些小酒”。吃完这样一顿大餐之后，你得拼命扩展胸肌才能起得来（如果你真起得来的话）。第二天，我们爬上了位于市中心的那座具有独特历史的石山——圣卢西亚。我们安静地用相机拍着这座城市，正在这时，一队苏基亚球队成员到了，领队的是主场俱乐部的几位美女。这几个可怜的家伙显得十分尴尬——他们拿不准到底是要把我们引荐给这些“智利上流社会的名媛”（最后他们还是这么做了），还是要装疯卖傻，装作不认识我们（您别忘了，我们身上穿的可都是非正统服装）。但后来他们还是把这个场面处理得很好，尽管当时他们和我们像是来自两个完全不同的世界，但是他们对我们表现得十分友好。

最后分手的日子还是到了，阿尔维托脸上艰难地流下了两滴象征性的眼泪。向“大力神”作了最后一次告别后，我们把它留在了修车行，然后便开始了我们的瓦尔帕莱索之旅。我们沿着风景绝佳的山路出发，这条山路或许是文明社会最美好的贡献了，它完全可以与未遭人工荼毒的真正的自然奇观相媲美。我们这两个重量级的“蹭车者”正怡然自得地坐在卡车上。

la gioconda's smile

蒙娜丽莎*的微笑

我们的冒险旅途已经进入一个新的阶段。我们已经习惯用自己的奇装异服和“大力神Ⅱ”风尘仆仆的外表来吸引游手好闲者热辣的目光，也习惯于用“大力神Ⅱ”粗重的喘息声来博得主人的同情。我们像极了马路骑士，我们就是久负盛名的“流浪贵族”，我们的头衔无可挑剔，令人敬畏，招来许多慕名者。真是今不如昔，现在我们只是两个搭着便车、背着包、尘土满身的旅行者，与之前的贵族身份相似的只有我们的影子。

卡车司机到了远离市中心的北郊城外就把我们扔了下来。我们拖着疲惫的脚步，沿街提着包裹，许多旁观者不时投来或好奇或冷漠的目光。远处船只发出的迷人微光把港口点缀得分外迷人，漆黑诱人的大海在向我们咆哮，昏暗中发出的刺鼻气息把我们的鼻孔都放大了。我们买了些面包后就一直往下坡路走。那时候，面包显得尤其昂贵，但是再往北走，面包就便宜了。阿尔维托明显已经筋疲力尽了，而我虽然没有表现出来，但是也一样累得够呛。所以，当我们发现一个卡车停车场时，我们就拉着两张苦瓜脸，死缠着管理员，并凭着三寸不烂之舌一字不漏地给他讲述我们从圣地亚哥这一路上经历的种种艰难困苦，结果他终于同意让我们睡在一些木板上，与一些学名以hominis[1]结尾的寄生虫为伴，但是，至少我们暂时有了一个遮风避雨的栖身之处。

我们原本打算马上呼呼睡去。不曾想，我们到来的消息已经传到了一个同胞的耳朵里，他就住在停车场边上

---

* La Gioconda，即意大利文艺复兴时期画家达·芬奇所作名画《蒙娜丽莎》（Mona Lisa）。也就是下文中酒吧的名称“拉乔康达”。

[1] 拉丁语，人类。

的一个廉价旅馆里，很想见我们。在智利见到老乡自然意味着要特别亲切招待，所以我们两人都没有回绝这个天赐的“吗哪”[1]。结果证明，我们这个同胞显然深受姊妹国家思想的影响，最后他醉得一塌糊涂。我们很久没吃鱼了，酒也如此香醇，主人又如此好客……一句话，我们吃得很尽兴。这位同胞还邀请我们第二天上他住的地方去玩。

拉乔康达酒吧老早就开门营业了，我们一边泡着马黛茶，一边和酒吧老板闲聊。他对我们的行程非常感兴趣。之后，我们就去考察了一下这座城市。瓦尔帕莱索建在海边，风景如画，俯瞰着一个偌大的海湾。渐渐地，瓦尔帕莱索也延伸到了山坡上，那些山坡绵延入海，与大海的深邃融为一体。奇特的波纹铁皮建筑，呈阶梯状层层排列，由盘旋式的飞梯及索道相连。色彩各异的房子掺杂着海湾的铅蓝色，彼此映衬之下，热闹非凡的建筑博物馆更加耀眼夺目。我们潜入肮脏的楼梯，穿行于黑暗的隐蔽的街巷，与成群结队的乞丐闲扯，好像在耐心地做解剖。在摸清城市的虚实之后，城市的恶浊之气把我们紧紧地吸住

[1] manna，《圣经》中古以色列人经过荒野所得的天赐食物。

了。我们膨胀的鼻孔像受虐似地大量吸进它的穷困。

我们去码头参观轮船，四处打听是否有船到复活节岛，结果却使我们心灰意冷：最早一班到那儿去的船也要半年后才启航。我们又草草搜集了一些航班信息，那些航班一个月才一趟。

复活节岛！这会儿我们的思绪早已经飞到了九霄云外的复活节岛："在那儿，交个白人'男友'是一种殊荣。"，"工作？哈！那儿的女人包揽了一切——你只要吃、睡，外加让她们高兴就行了。"这真是个奇妙之地，气候怡人，美女如云，食物爽口，工作完美（完美到似乎不可能存在）。就算我们在那儿待上一整年又有什么关系呢？谁会在乎学习、工作、家庭等等呢？一家商店的橱窗里有一只巨大的龙虾躺在莴苣床上，冲我们眨着眼睛，用身体告诉我们："我来自复活节岛，那儿气候怡人，美女如云……"

我们在拉乔康达酒吧门口耐心地等待着，但我们的同胞丝毫没有现身的迹象，老板邀请我们进屋避避阳光，接着就用招牌午餐之一——煎鱼加清汤——招待我们。我们在瓦尔帕莱索从此再也没有那位阿根廷同胞的任何消息了，但是我们却和酒吧老板成了好朋友。他是个奇怪的家伙，性情慵懒，哪怕是最平淡无奇的菜肴，他也会对店里的常客漫天要价，而对那些闲杂人等却慷慨无比。他对我们既慷慨又热情，还让我们在那儿白吃白喝。他最喜欢说：“今天我请你，明天你请我。”这句话虽然没有什么创意，但却非常实用。

我们试着跟来自佩特罗韦的医生们联系，但是他们回去以后因为工作太忙，腾不出时间，所以从来没有同意跟我们正式见面。但至少我们多多少少知道他们在哪儿，于是下午我们就分头行动：阿尔维托去找那些医生，我则去探望拉乔康达酒吧里的一个客人，一个患哮喘的老太太。那可怜的人太值得同情了。浓烈的汗臭和脚臭混合而成的辛辣气味充斥着整个房间，扶手椅上散落的灰尘更是弥漫其中，几把扶手椅就是她房间里唯一的奢侈品了。除了哮喘，她还患有心脏病。在这个时候，医生就会感到完全力不从心，就会渴望变革，渴望消除不公正的社会制度。仅一个月前这个可怜的老太太还在自食其力，靠当服务员为生。当时她尽管也喘得上气不接下气，但最起码还算活得有尊严。而沦落到目前这种状态之后，那些家庭穷困、无法支付生活费的人，便会生活在他人毫无掩饰的刻薄言语之中；他们不再是父亲、母亲、兄弟姐妹，而纯粹变成那些为生活而苦苦挣扎的消极分子，他们也因病魔缠身而遭人厌恶，最后便成了社会上健康人痛苦的来源，因为赡养病人像是对他们人格的侮辱。正是在那里，在那最后的时刻，在那些最远只能看到明天的人身上，我们明白了笼罩在全世界无产阶级生命中的极大悲剧。那一双双即将沉沦的眼睛里透出的是那一丝对谅解的渴求，以及对那份失落于空虚之中的慰藉不顾一切的寻求。同样，他们的身体也将消失于笼罩在我们四周的那种无穷无尽的谜团之中。我无法预知目前这种建立在荒唐的等级制度上的秩序还会持续多久，但是对于统治者来说，现在真应该少花些时间自吹自擂了，而应该多花些钱用于改善对社会有用的事业了。

对于这位病入膏肓的老太太，我能做的非常有限。我只能建议她改善饮食，并给她开了利尿片和一些哮喘药。我还把剩下的晕海宁片也给了她。带着老妇人的千恩万谢以及她家人冷漠的眼神，我离开了那儿。

阿尔维托找到了医生。次日早上九点，我们必须赶到医院。同时，在拉乔康达酒吧那个脏兮兮的房间里（这个房间既是厨房、餐馆、洗衣房、餐厅，又是猫猫狗狗撒尿的地方），正聚集着形形色色一大帮人：酒吧老板（他自有一套基本的人生哲学）、卡罗利娜女士（老太太耳朵虽然有些背，但是特别喜欢助人为乐，她能把我们的马黛茶壶擦得跟崭新的一样）、马普切人[1]（此人总是喝得醉醺醺的，而且反应迟钝，整个人看起来就像是罪犯）、两三个常客，还有本次聚会的女王——疯疯癫癫的罗茜塔女士。聚会的话题集中在罗茜塔亲眼目睹的一桩恐怖事件上。她说她看到一个拿着大刀的男人捅了她可怜的邻居，当时只有她一个人。

“罗茜塔女士，你邻居那时候大叫了吗？”

“她当然大叫了，谁不会！他活生生把她皮剥了！还不止这些。后来他把她带到海边，拖到水里，让水把她冲走。哦，先生，把我吓得魂飞魄散，你真应该看到这一幕！”

“罗茜塔，那你为什么不报警呢？”

“噢，为什么要报警？难道你不记得你表弟曾经挨过揍吗？就算我去报警了，他们也会认为我是疯子，而且会警告我，如果我再胡编乱造的话，他们就要把我关起来。总之我才不会揭发那么多事情。”

[1] 马普切人是智利土著族群。——原注

谈话突然转向一个被称作“上帝的信使”的当地人，据说他能用上帝赐予他的力量来帮人治愈聋哑、瘫痪等顽疾，接着他就把装钱的盘子在周围传递开了。这种生意看来不比其他任何生意逊色，虽然小册子宣传得很离奇，但是人们同样蠢得离奇，居然对这种鬼话也深信不疑。然而事实就是如此，大伙继续嘲笑罗茜塔女士深信不疑地认为自己亲眼目睹的事情。

医生们的招待不算太热情，但是我们还是达到了此行的目的：他们给了我们一封写给瓦尔帕莱索市长莫利纳斯·卢科的介绍信。我们彬彬有礼地向医生们告辞之后，便赶往市政厅。我们茫然、疲惫的表情并没有打动前台接待人员，但他还是接到命令让我们进去。

秘书把市长的回信给我们看了看，解释说我们的计划不可能实现，因为唯一一班开往复活节岛的船只已经离开，年内不可能有第二班轮船。我们被请进了市长莫利纳斯·卢科博士富丽堂皇的办公室，他友好地接待了我们。然而，他给我们的感觉像是在舞台上演戏，因为他讲话时极其注意发音，每个音都发得极其到位。只有在谈到复活节岛时，他才手舞足蹈，因为是他证明了复活节岛属于智利，智利这才从英国人手里夺回了复活节岛。他建议我们要紧跟事态，还说他明年会带我们一起去。他说道："到时候我可能已经离职了，但是我仍然是复活节岛之友协会会长。"这其实无异于默认自己在即将到来的选举中会败给对手冈萨雷斯·魏地拉。临走的时候，前台工作人员叫我们把狗带走。就在我们大为诧异的时候，他真的把一只小狗领了出来。刚才这只小狗不仅在大厅的地毯上撒了一泡尿，而且还啃着椅子腿不放。大概是我们流浪汉的外表吸引了小狗，它才一路跟着我们来到这里，门卫觉得它就是我们古怪装束的附属品。长话短说，在说明了我们和小狗之间并没有任何瓜葛之后，那只可怜的小家伙的屁股马上挨了重重的一脚，汪汪大叫着被扔到了外面。但不管怎么说，想到有些生灵的平安需要我们来保护时，心里又泛起了一丝安慰。

这时我们已经决定坐船，因为这样可以绕过智利北部的沙漠。我们找了一家又一家轮船公司，要求免费搭船去任意一个北方港口。其中一家公司有一位船长答应带我们，条件是必须获得海事局许可，在船上干些活，权当船费。海事局当然不同意，所以我们还是在原地打转。就在那个瞬间，阿尔维托作了一个大胆冒险的决定，大致是这样的：我们偷偷溜上船，然后藏在货舱里。为了确保顺利，我们得等到天黑再行动，先竭力说服值班海员，然后再见机行事。我们打点了行李，很明显，就这次特殊计划来说，行李多了点。带着万分的遗憾，我们告别了朋友们之后，便偷偷溜进了港口大门。抱着破釜沉舟的念头，我们开始了海洋冒险之旅。

stowaways

偷渡客

我们很顺利地通过了海关并勇敢地向目标挺进。我们选的那艘船叫“圣安东尼奥号”，就停在港口正中央。那儿可是人声鼎沸，热闹非凡。这艘船船身并不大，所以不必靠岸，吊车就可以够得着，因此船离码头还有几米的距离。我们别无选择，只能等船靠岸让旅客登船再想办法，所以，我们一屁股坐在包裹上，冷静地等待吉时到来。半夜轮班换岗时，船被拖到了岸边。然而港务局长是个十足的臭脾气，这一点从他的脸上就能看得一清二楚，他站在踏板正中央核实到岗及离岗的工人。这期间，我们和吊车司机交上了朋友，他建议我们最好还是等一等，因为港务局长是个很难缠的混蛋。所以我们就开始了长达一夜的漫长等待。我们躲进吊车取暖，吊车已经很旧了，还是靠蒸汽运行的。太阳高高升起了，而我们还带着大包小包在码头苦苦等待着。就在我们偷偷上船的希望几乎彻底破灭时，船长出现了，他换了个新修好的踏板，有了这个踏板，圣安东尼奥号现在就与陆地完全联成一体了。多亏有了吊车司机的指点，我们就像出入自家一样，轻轻松松地溜上了船。上船之后，我们便把自己和包裹都锁在主管区的厕所里。打那时起，只要有人想开门的时候，我们就捏紧鼻子轻声地说，“不好意思，请别进来”，或者“有人”，前前后后大约有五六个人想上厕所。

很快就到了中午十二点，船启航了。但是，我们的兴奋劲很快就消失了，因为厕所关了老半天之后，那味道可想而知，简直臭不可闻，而且奇热无比。下午一点，阿尔维托把肚子里所有能吐的都吐了个一干二净。五点时，我们就快被饿死了，而且想想海岸线早已消失在视线之外，我们就主动找到船长，坦白了偷渡客的身份。我们的第二次见面居然这么特别，这让船长颇感意外。但是，为了在其他船组成员面前掩饰住那份惊讶，他给我们抛了一个眼神之后，就用雷鸣般的声音质问道："你们真的以为随便藏在一艘船上就可以去旅行吗？你们以为这样就万事大吉了吗？你们有没有想过这样做的后果？"

事实是我们根本没有想过。

他叫来了服务生，让他找些活儿给我们干，顺便给点吃的。我们狼吞虎咽、不亦乐乎地吃着自己的那份东西，但是，当我得知我得去清洗那个臭名远扬的厕所时，喉咙马上被食物噎住了。我一边走下船舱，一边咬牙切齿叫苦不迭，阿尔维托跟在我后面，一脸幸灾乐祸的坏笑，因为他被分配去削土豆皮。我得承认，当时我有十分的冲动，想把所有白纸黑字的友谊盟约抛在脑后，强烈要求换活儿。没天理啊！他给那一堆秽物添砖加瓦，我还得给他善后！

我们拼着老命干完活儿后，船长再次把我俩召唤过去。他告诉我们，只要我们不走漏一点风声，缄口不提前次见面的事，他就可以保证平平安安地把我们送到终点站——安托法加斯塔。刚好有一个主管请假，他就让我们睡在那个主管的船舱里。那天晚上，船长请我们玩桥牌，还请我们喝了点小酒。睡过一觉恢复精神后，我们起床开始干活儿，还真是验证了那句话，“新官上任三把火”，我们干起活来特别勤快，下定决心一定要连本带利把乘船的钱赚出来。然而，到了中午，我们都感觉做得太多了，所以下午我们更加肯定自己是所有流浪汉中头脑最单纯的两个。我们觉得得先好好睡个觉，睡足了明天好干活儿，先别管洗脏衣服那档子事儿了，没想到，船长再次邀请我们玩牌，先前美好的愿望泡汤了。

那个对我们态度极端恶劣的服务生，用了大约一个小时才唤醒我们开始工作。我的工作就是用煤油清理甲板，结果做了一整天还没做完。阿尔维托本该拉绳的，结果跑到厨房，张口大吃，不管什么食物，抓来就狂塞到肚子里。

晚上，我们筋疲力尽地玩完桥牌，放眼眺望浩瀚的大海，那儿满是白色光斑以及绿色的倒影。我们凭栏相依，各自乘坐着承载自己梦想的飞机飞向遥远的平流层。那时，我们明白了自己的天职，真正的天职就是永远沿着世间的陆路和水路进发。我们应该永葆好奇，洞察眼前的一切，发现每一个角落——但不在任何一片土地上扎根落户，也不长期驻留，探究万物的本质，而是观其大略，浅尝辄止。在大海的激发下，我们的谈话充满了感性色彩，远处东北方向的安托法加斯塔的光芒开始闪耀。这标志着我们偷渡冒险的结束，或者说冒险旅程的结束，因为我们的船已经回到瓦尔帕莱索。

this time, disaster

落难记

现在我看清他了，这个船长跟他的手下和大胡子船主一样喝得醉醺醺的。在劣酒的刺激下，他们举止粗野，在谈及我们的冒险经历时更是伴随着阵阵狂野的笑声：“嘿，听着，他们是猛虎，现在他们肯定上了你们的船，等你们出了海就知道了。”这番话船长一定偶然对他的朋友和伙计们说起过。

当然，我们对这些一无所知。起航前一小时，我们已经舒舒服服地躺在成堆的香喷喷的甜瓜里拼命填肚子了。我们谈论着这些水手，他们真是最棒的，正是和他们其中一人串谋，我们才得以混上船，还躲在这么安全的地方。然后我们听到一个愠怒的声音，一个蓄着把大胡子的家伙不知从哪儿冒了出来，把我们吓了一大跳。海面上静静地浮着一长列削得整整齐齐的甜瓜皮，俨然就是一支印第安纵队，其他的甜瓜也惨不忍睹。与我们共谋的那个水手事后对我们说："兄弟们，原本我已经把他的注意力从甜瓜的香气上引开了，可他一看到那些甜瓜，一下子就来气了，大有'宁可错杀一千，不可放过一人'的架势。哦，还有（这位水手不知道说什么才好），你们真不该吃那么多甜瓜！"

圣安东尼奥号上有一位旅伴用一个简短的句子，扼要地总结了自己的人生哲学："你们这些混蛋别他妈到处鬼混！你们干嘛还不赶紧滚回你们那个狗屁国家去！"我们差不多就是这么做的——收拾起行李，向著名的丘基卡马塔铜矿进发！

但我们没有马上动身。我们耽搁了一天，等候丘基卡马塔当局批准我们参观。另外，那些热情的纵情狂饮的水手们还给我们准备了一场不错的欢送会。

在通往丘基卡马塔铜矿的干燥的路上，两根路灯柱子投下微弱的阴影。我们就躺在那阴影里。一整天大部分时间里，我们时不时地从一根电线杆到另一根电线杆，互相大声嚷嚷，直到地平线上出现了一辆噪声特别大的小卡车。这辆小卡车半路上载着我们来到一个叫巴克达诺的镇。

在镇上，我们和一对夫妇成了朋友，他们是智利的工人，也是共产党人。[1]我们就着微弱的烛光喝着马黛茶，嚼着一片奶酪面包，那个男人干瘪的身躯带着一种神秘和悲剧的气息。他用简单却又富有表现力的语言，叙述了他在狱中三个月的遭遇。他还告诉我们：他忠诚的妻子尽管食不果腹，却仍然一如既往地留在他身边支持着他，他的孩子由一个好心的邻居照看着，他在找工作这条朝圣之路上亦颗粒无收，而他的同伴们都神秘消失了，据说已经葬身海底。

在寒夜中的沙漠里，这对夫妇冻得缩成一团，瑟瑟发抖。此情此景便是全世界无产阶级的真实写照。他们连条可以御寒的薄毯都没有，所以我们把自己的毛毯分给了

---

[1] 在所谓《民主保护法》（1948—1958）镇压下，当时智利共产党遭到禁止，其众多成员也遭迫害。——原注

他们一条，然后我和阿尔维托拼命缩在剩下的那条毛毯里。这是我生命中最寒冷的夜晚之一。但同样是在这个时刻，我对这个至少对我来说全然陌生的人群产生了手足之情。

第二天早上八点，我们找到一辆卡车送我们前往丘基卡马塔镇，于是我们和那对夫妇分道扬镳。他们要前往山上的硫矿，那里的气候和居住条件极为恶劣和艰苦。在那里，既不需要工作许可，也没人关心政治立场。唯一必不可缺的是热情，有了这种热情，工人们便不惜牺牲健康，以换取那点仅仅足以维生的面包屑。

尽管这对夫妇的身影越发模糊，直至几乎消失不见，但那位丈夫异常坚定的面孔在我们脑海里无法磨灭。还记得他开门见山地邀请我们说："来吧，同志！我们一起吃饭！我也是个四海为家的浪子。"只言片语隐隐表现出对我们漫无目的、寄人篱下的流浪的藐视。

遗憾的是，这对夫妇并不赞成我们这样的漫游者。姑且不论被称为"共产主义寄生虫"的集体主义是否威胁到体面的生活，他从骨子里向往共产主义其实不过是对更美好事物的企盼，不过是为了避免长时间地忍饥挨饿。这种念头转变成了对共产主义的热爱，虽然那个男人永远都无法把握共产主义的实质，但是这个教条解释成“给穷人的面包”，却是他所能理解的。更重要的是，这给了他希望。

一到那里，老板们，也就是那些讲求效率且傲慢自大的金发经理们，就用生硬的西班牙语告诉我们：“这里不是旅游城镇。我会找个导游带你们参观矿上的设施，只能半个小时。参观结束后，请你们帮帮忙，别打扰我们了。我们还有很多工作要做。”当时罢工一触即发。然而，这些美国佬老板的忠实走狗——导游告诉我们：“这些愚蠢的外国佬，只为了再少给工人几分钱，宁可因为罢工每天白白损失好几千比索。伊瓦涅斯将军[1]一上台，这破事就要结束了。”还有一位诗人工头说道：“有了这些著名的梯层构造做保证，每一块铜都会被彻底地挖出。像你们这样的人问过我很多技术问题，但他们几乎不问为此付出了多少生命的代价。医生们，虽然我无法回答你们的问题，但谢谢你们问了这样一个问题。”

在这个巨大的矿区里，冷酷的效率和无力的忿恨如影随形。尽管满怀仇恨，它们还是走到了一起，一方面出

[1] Carlos Ibáñez del Campo，一九五二至一九五八年任智利总统。他隶属人民党，曾许诺当选后使共产党合法化。——原注

于基本的生存需要，另一方面则出于投机获利的需要……是否真有那么一天，我们会看到一些矿工兴高采烈地扛起镢头下井作业，明知矿井对肺部有害，却依然从中收获极大的乐趣呢？他们说这就是矿上目前的情况，他们从矿井里挖出的煤发出通红的光芒，照亮了世界。他们是这么说的，可我不大相信。

chuquicamata

丘基卡马塔

丘基卡马塔就像现代戏剧中的一幕场景，你不能说它不美，但它的美少了那些优雅、壮阔和冰冷。一走近矿山，整个矿区就给人一种泰山压顶的窒息感，仿佛整个平原都会向你压来。前进两百公里后，有那么一个瞬间，卡拉马小镇的几许暗绿打破了单调沉闷的灰色，如同沙漠中真实的绿洲，足以让人欣喜若狂。多么壮观的沙漠！“丘基”附近的莫克特苏马气象台显示，这里是世界上最干旱的地方。山上的硝化土里寸草不生，对疾风与流水的侵蚀没有任何抵抗能力。灰色的山脊裸露在外，在与恶劣天气的抗争中过早地衰老，其皱褶也与其真实的地理年龄不符。群山环绕着著名的丘基卡马塔矿，这些山脉中也蕴藏着极其丰富的宝藏，等待着挖掘机伸出无情的手臂吞噬它的内脏，同时不可避免地把人类的生命——那些穷苦的无名英雄的生命——当作佐料。大自然为了捍卫自身宝藏设下了上千个陷阱，这些英雄仅想谋个生计，却悲惨地葬身于某个陷阱之中。

丘基卡马塔是一座大铜山，二十米高的梯层从绵延无边的群山侧面开凿出来，火车很容易从这里将开采出的矿物运出。矿脉构造独特，这意味着采矿工作可以全部在露天进行，同时，大规模采矿也成为可能，这里每吨矿石可提炼出百分之一的铜。每天早上都要对山体进行爆破，巨型挖掘机将原料送上铁路货车，载往磨矿机粉碎。经过三道连续的粉碎工序后，原料就变成了中等大小的砾石。接着将其放入硫酸溶液中，以硫酸盐的形式提取出铜，同时生成氯化铜，氯化铜遇废铁则转化为氯化亚铁。之后将液体转入被称作“绿屋”的地方，在这里硫酸铜溶液被储存于大容器中，通三十伏特的电流一周时间，这就是电解盐的过程：先前在其他装着浓溶液的容器中形成薄铜片，这道工序中铜就附在薄铜片上。五六天后，铜片便可送去熔炼。这些溶液每升损失八到十克硫酸盐，同时又会补充一些原矿材料。接着铜片被送入两千摄氏度的熔炉冶炼十二个小时，生成三百五十磅铜锭。每天晚上有负责运送的四十五辆铁路货车，每辆载着二十吨铜，开往安托法加斯塔，这就是白天工作的成果。

制造过程大概就是如此，整个过程雇用了丘基卡马塔地区三千个流动工人，而这道工序仅仅是为了开采出氧化矿。智利勘探公司正在修建一座开采硫化矿的新工厂。这座工厂的规模堪称世界第一。它拥有两座九十六米高的烟囱，未来所有生产都将转入这家新工厂，而旧工厂由于氧化矿临近枯竭将会慢慢停工。新熔炉的原料已储存了许多，一九五四年新工厂一开工就可以进行加工了。

智利的铜产量占世界铜产量的百分之二十。铜在潜藏着冲突的动荡时代显得至关重要，因为它是多种杀伤性武器的主要成分。因此，一场经济和政治斗争正在如火如荼地进行——民族主义和左翼组织联盟主张矿产国有化，而主张企业经营自由的人士则更青睐那些经营有方的矿业（即使由外资掌控也无所谓），因为他们认为国营矿业基本上就是效率低下的代名词。在国会上，有人严厉谴责那些公司滥用采矿权。由此可见，围绕着铜矿业，早已有一股激烈的民族主义情绪。

无论斗争的结果如何，我们永远都应该牢记：最触目惊心的当属矿区坟场。坟场里只掩埋了少部分死者的尸骨，而绝大多数死于硅肺、矿井塌方以及矿山里的恶劣气候条件的矿工，根本无人收尸。

arid land for miles and miles

绵延数英里的旱地

我们丢了水壶，这使徒步横穿沙漠的旅途变得更为艰难。可我们仍然把丘基卡马塔镇的界标抛在了后面，毫无畏惧地上路了。镇上居民还看得到我们时，我们还步履矫捷。但不久以后，光秃秃的安第斯山脉那无边的寂静、炙烤着我们脖颈的阳光和背包分配不均的重量使我们不得不开始正视现实。有个警察称我们的行为颇有“英雄气概”。我们不知道什么叫“英雄气概”，但是，我们觉得，如果说我们的行为颇有“狗熊气概”，我想我们一定担当得起。

步行两小时后（至多走了十公里），我们就一头栽进指示牌的阴影下休息，只有它能让我们稍稍躲避阳光，而牌上写了什么我也不知道。我们在那儿待了一整天，就在牌子周围晃荡，至少眼睛里还可以看到它的影子。

我们随身带的一升水很快喝完了，傍晚前我们已经渴得不行，只得折回镇里的哨房。我们完全被击垮了。

我们在哨房里过夜，睡在一个小房间里。尽管外头很冷，房间里却生着火，保持着宜人的温度。守夜人带着智利人出名的热情好客和我们分享他的食物。虽然在饿了一整天后这点食物显得有些寒碜，但总比什么都没有来得好。

第二天凌晨，有一辆过路的烟草公司的卡车载我们驶近了目的地。但是，这辆车要继续行驶，径直前往托科皮亚港，而我们却想往北到伊拉韦去，因此我们在十字路口下了车。我们知道沿路而上八公里处有所房子，于是我们情绪高昂地朝目标挺进。但才到半路我们就累了，决定小睡片刻。我们把一条毛毯挂在电话线杆和里程标之间，钻进毛毯下——我们的身体享受着蒸汽浴，双脚则晒着日光浴。

两三个小时后，我们每人都流失了约三公升水分。就在此时，来了一辆小型福特汽车，车上有三个高贵的城里人，他们都喝醉了，扯着嗓子嘶吼着“库依卡”[1]。他们是来自马格达莱纳矿的罢工工人，因为提前庆祝人民运动的胜利开心地喝醉了。这些醉汉载着我们径直到了当地的一个火车站，在那里我们遇到了一群工人，他们正在进行足球集训，准备迎战对手。阿尔维托从背包中拿出一双跑鞋，一溜烟跑进了球场，开始吹嘘。结果让人大跌眼镜，他们居然邀请我们参加周日的比赛。作为回报，他们会给我们提供食宿并送我们到伊基克。

两天后就是周日。这天，我们的球队取得了辉煌的胜利，阿尔维托准备了一顿烤羊肉宴，他的阿根廷式厨艺可谓技惊四座，赢得了聚会者一致赞许。智利当地有许多提纯硝酸盐的工厂，我们用那两天的时间参观了其中一些工厂。

的确，在这个地方采矿对矿业公司而言并不十分困难。矿工要做的无非就是刮下蕴藏矿物质的顶层，并将其运往大型容器，经由相当简单的分离过程，提取出硝酸

[1] 智利民歌。——原注

盐、硝石和泥浆。就这么简单。很明显，首先获得特许开采权的是德国人，但后来德国人的工厂被没收了。现在，经营这些工厂的大部分是英国人。当时就产量和员工数量而言都首屈一指的两大矿厂的工人正在罢工，那两座矿厂又在我们目的地的南边，因此我们决定不去参观这两个矿厂，而是改道去了一座规模也相当大的工厂——“胜利”矿厂。矿厂入口处有块铭碑，上面写着“埃克托尔·苏皮西·塞德斯安息之处”。埃克托尔是乌拉圭杰出的拉力车手，他在开出加油站时不幸被另一名车手撞死。

我们换了一辆又一辆卡车，穿越了整个地区。在最后一段旅程中，我们躺在车上的苜蓿堆里，暖洋洋地抵达了伊基克。我们到达时，太阳正好从身后升起，将我们的倒影投射在清晨最为湛蓝的海上，仿佛我们是从《一千零一夜》里跳出的人物一样。卡车如同魔毯一般在港口上方的峭壁表面飞行，车速调到了一挡，虽然仍然摇摇晃晃且嘎吱作响，但下坡的速度减慢了。从我们这个有利的地点望过去，整座城市都映入了我们的眼帘。

在伊基克看不到一艘船，既没有阿根廷船只，也没有其他船只，所以待在港口毫无用处，我们决定随便找一辆顺风车，载我们去阿里卡。

the end of chile

智利之行的最后旅程

伊基克和阿里卡距离遥远，一路上起起伏伏。我们搭车从干旱的高原来到只有涓涓细流的山谷，这里的水仅够维持少数山谷边缘的矮小树木的生长。这些完全荒芜的大草原白天散发着闷热，但由于是沙漠气候的关系夜里却十分凉爽。我们清楚地记得，当年瓦尔迪维亚[1]在这里带领着一支小分队，每天跋涉五六十公里却找不到一滴水，甚至在最炎热的时候也找不到一片可以避荫的灌木丛。当你得知征服者们确实曾经穿越这一地带时，你自然而然会把瓦尔迪维亚的功绩提升至西班牙殖民统治时期最伟大的功绩之一。毫无疑问，这比永垂美洲史册的其他功绩更为了不起，因为他们比其他探险家幸运多了，他们在冒险战争结束时建立了富裕的王国，而他们征服过程中的汗水也变成了金子。

瓦尔迪维亚的行为体现了人类永不疲倦的渴望，渴望控制一个地方，渴望行使绝对权力。据说，凯撒大帝曾经说过这样一段话：与其在罗马屈居二把手，不如在阿尔卑斯某个小山村里当一把手。这句话在攻打智利这一传奇式的战争中被传颂，不是那么夸夸其谈，但却言之凿凿。假如当瓦尔迪维亚就要死在天下无敌的阿劳坎人考波利坎手里时，没有像被猎杀的动物一样充满愤怒，单从他的生平来看，我敢肯定，当时他应该觉得自己死得其所。历史上时常出现这样一种人：他们极度渴望无限的权力，为达成这一目的甘愿经历任何艰难困苦。瓦尔迪维亚就是这样

---

[1] Pedro de Valdivia（约1498—1554），西班牙征服者、驻智利总督、圣地亚哥和康塞普西翁两城市的创建人。一五四〇年带领一百五十名西班牙人和一些印第安人远征智利。穿越智利北部沿海沙漠，在智利河谷击败为数众多的印第安人，一五四一年二月十二日建立圣地亚哥。后在与阿劳坎印第安人作战中被杀。

一种人，而且他成了一个善战的国家无所不能的统治者。

阿里卡是一个惬意的小港口，在这里你仍然可以找到它先前的主宰者——秘鲁人——的痕迹。秘鲁和智利这两个国家尽管彼此相邻且拥有共同的祖先，但却迥然不同。阿里卡恰恰就是两国之间的一个交汇点。海角是这个城市的骄傲，壮丽而陡峭的岩壁拔地而起，高达百余米。棕榈树、炎热和市场上出售的亚热带水果，都给阿里卡增添了一种加勒比城镇独有的特点，一种与南方城镇完全不同的特点。

有个医生允许我们睡在镇上的医院里。他十分不尊重我们，他的态度和那些蔑视流浪汉（即使是我们这两位有档次的流浪汉）的有地位、有财产的中产阶级如出一辙。第二天一大早，我们就逃离了这个不好客的地方，径直朝智利与秘鲁的边境进发。但首先我们游了最后一次泳（用上香皂和所有东西）向太平洋告别，它还唤醒了阿尔维托体内沉睡的渴望：吃海鲜。我们开始在悬崖边的海滩上耐心地寻找蛤蜊和其他海鲜。我们吃了一些咸咸的、黏糊糊的东西，但这并没有分散我们对饥饿的注意力，也没有满足阿尔维托的欲望。事实上，这甚至无法令一个囚犯开心。黏糊糊的东西本来就令人厌恶，没有调味品就更糟了。

在警察局吃过饭后，我们照平常的时间出发了，沿着海岸走到了边境。路上有一辆货车捎上了我们，所以我们还算舒舒服服地来到了边防哨所。在那里，我们见到了一位曾在阿根廷边境工作过的海关人员，他看得出来，也很赞赏我们对马黛茶的渴望，于是他便给了我们一些热水和饼干。最棒的是他给我们找了辆去塔克纳的顺风车。在边境上，警长对我们表示了热烈的欢迎，而后装模作样地就秘鲁境内的阿根廷人空谈了几句，然后就和我们握手言别，随后，我们便离开了热情友好的智利。

埃内斯托·格瓦拉和“大力神Ⅱ”，一九五一年。

“突然，就和梦中一样，一个问题钻进了我们的脑海：
‘我们为什么不去北美？’
‘北美？但是怎么去啊？’
‘骑“大力神”去啊，伙计。’”

埃内斯托·格瓦拉和朋友。

“我出发前的首要任务就是尽可能多地参加各科考试，
而阿尔维托则为长途旅行备车，研究、计划路线。”

自拍像，埃内斯托·格瓦拉摄，阿根廷，一九五一年。

埃内斯托·格瓦拉和朋友，阿根廷，布宜诺斯艾利斯，一九五一年。

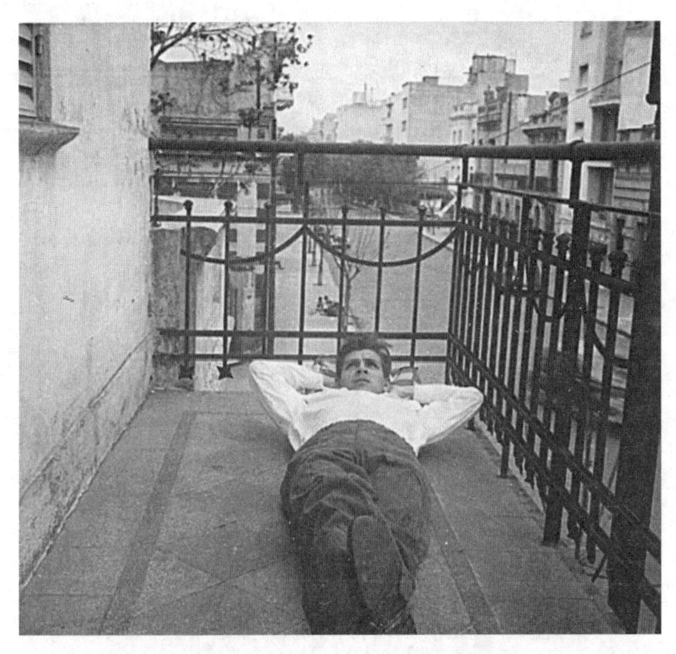

埃内斯托·格瓦拉，阿根廷，布宜诺斯艾利斯，一九五一年。

阿尔维托·格拉纳多（左前）、埃内斯托·格瓦拉（中间戴帽子的）
和朋友们与“大力神Ⅱ”在一九五一年的合照，
此时埃内斯托和阿尔维托刚刚开始他们的冒险之旅。

阿尔维托·格拉纳多打算攀登阿根廷境内的安第斯山，
在圣马丁-德洛斯安第斯附近。
埃内斯托·格瓦拉摄，一九五二年一月。

“在白雪皑皑的山顶开了几分钟玩笑后……是该下山的时候了……
阿尔维托的护目镜丢了，而我的裤子也被刮成了破布。”

阿尔维托 · 格拉纳多乘坐莫杰斯塔 · 维多利亚号进入智利。
埃内斯托 · 格瓦拉摄于纳韦尔瓦皮湖，一九五二年二月。

“煦暖的阳光照亮了新的一天，出发的一天。
那天我们告别了阿根廷。
把摩托车弄上莫杰斯塔 · 维多利亚号并不是一件容易的事，
但是，我们最后凭着耐心做到了。”

阿尔维托·格拉纳多（中）和两位来自科尔多瓦的朋友
在攀登智利圣地亚哥的圣卢西亚山。
埃内斯托·格瓦拉摄，一九五二年三月。

“第二天，我们爬上了位于市中心的那座具有独特历史的石山——
圣卢西亚。我们安静地用相机拍着这座城市，
正在这时，一队苏基亚球队成员到了……”

在从秘鲁的塔拉塔到普诺的路上（左三为埃内斯托）。
阿尔维托·格拉纳多摄，一九五二年三月二十五日。

“我们俩觉得印第安人的民族服饰很有趣，
但在他们看来，我们俩喝的这种饮料也古怪得很，
因为他们中总有人过来用蹩脚的西班牙语问我们，
为什么要把水泡进那种奇怪的人工制品。”

从萨克萨瓦曼堡俯瞰库斯科。
阿尔维托或埃内斯托摄，一九五二年四月。

“从城市上方能看到库斯科有别于那个被摧毁的要塞的另一面：
这个库斯科的屋顶色彩亮丽……
极目远眺，只看见狭窄的巷道和身穿传统服饰的土著居民。”

建于太阳神庙废墟之上的圣多明戈教堂局部。
阿尔维托或埃内斯托摄，一九五二年四月。

“印蒂的神庙被夷为平地，原来的墙砖用来修建新信仰的教堂：
原来恢宏的宫殿现在变成了大教堂，原来的太阳神庙上建起了圣多明戈教堂，
这是骄傲的征服者留下的教训和惩罚。”

皮萨克，秘鲁安第斯山上的一座村庄。
阿尔维托或埃内斯托摄，一九五二年四月。

“在一条崎岖的小道上跋涉两小时后，我们来到了皮萨克山的顶点。
在我们之前，西班牙士兵也来过这里，
他们用手中的剑杀死了皮萨克的保卫者，摧毁了皮萨克的防御，甚至庙宇。”

奥扬泰坦博堡。

埃内斯托·格瓦拉摄，一九五二年四月。

“沿着比尔卡诺塔河一路走去，
在经过一些无足轻重的遗迹后，我们来到了奥扬泰坦博。
曼科二世曾在这个巨型要塞与西班牙入侵者浴血奋战，
抗击埃尔南多·皮萨罗的部队，并建立了由四个印加家族组成的小王朝。”

马丘比丘和瓦伊纳比丘。
阿尔维托或埃内斯托摄，一九五二年四月五日。

“最重要、最无可争议的是，
我们在这里找到了美洲最强大的土著最纯粹的一面——
未受外来征服者文明的影响，城墙之间遍布有强大感召力的珍宝……
有堡垒周围壮丽的风光作为背景，寻梦人不禁在它的废墟上徘徊。”

玛丽亚·安哥拉大教堂。
阿尔维托或埃内斯托摄，一九五二年四月。

“大教堂的钟楼在一九五〇年的地震中损毁，由佛朗哥政府出资重建。
为表示感谢，乐队受命演奏西班牙国歌……
我不知道是出于好意还是恶意，乐队演奏的是西班牙共和国国歌。”

库斯科大教堂。
阿尔维托或埃内斯托摄，一九五二年四月。

“它金碧辉煌的室内装修映衬出了以往的繁荣富庶……
金色没有银色的柔和尊贵，更不像银色会随着岁月的流逝而更显魅力，
所以整个大教堂装扮得像是一个浓妆艳抹的老妇人。
倒是那些唱诗席位蕴藏着真正的艺术，
它们是印第安或梅斯蒂索工匠用木头做成的。
从那些雕刻着圣徒生活的图案可以看出，工匠们已经
把天主教大教堂的精神和真正的安第斯民族的神秘灵魂注入到松木里了。”

阿尔维托·格拉纳多（左二）和坎巴拉切兄弟在秘鲁的普卡尔帕。
埃内斯托·格瓦拉摄，一九五二年五月。

“第二天一早，女主人还没醒来之前，我们就匆匆离开了，
因为我们还没结账呢，而坎巴兄弟因为刚刚修补过轮轴也没剩什么钱了。”

阿尔维托·格拉纳多和来自圣巴勃罗麻风病隔离区的员工一起捕鱼。
埃内斯托·格瓦拉摄，一九五二年六月。

"礼拜四是麻风村的休息日，所以我们就没像往常一样去探望病人。
早上我们去钓鱼，但一无所获。
下午我们踢足球，这次我守门的表现没那么糟糕。"

亚瓜印第安人一家与阿尔维托·格拉纳多（抱着小孩）
和圣巴勃罗麻风病隔离区主管布雷希亚尼医生（左）。
埃内斯托·格瓦拉摄，一九五二年六月。

“礼拜天早上，我们拜访了亚瓜部落，
就是那些穿着红草服饰的印第安人……他们的生活方式很吸引人——
他们用厚木板和小小的棕榈叶盖成密封的茅舍，
晚上就藏在里面躲避蚊子成群结队的围攻。”

阿尔维托·格拉纳多（左）、布雷希亚尼医生和一个印第安人。
埃内斯托·格瓦拉摄，一九五二年六月。

“小孩子肚子肿胀，身子却骨瘦如柴。
然而，一般来说，其他种族的成年人住在丛林中就会缺乏维生素，
这里的大人却没有缺乏维生素的迹象。
他们的饮食包括丝兰、香蕉、棕榈果，还有他们用步枪打来的猎物。”

埃内斯托·格瓦拉和阿尔维托·格拉纳多在“曼波-探戈号”木筏上。
摄于一九五二年六月。

“木筏差不多准备好了，就差桨了。
那天晚上，麻风村的病人齐聚一堂，为我们唱送行曲。
一个盲人唱了许多当地民歌。
伴奏的有吹笛子的、弹吉他的，以及一个几乎没有手指的手风琴演奏者。
另外还有一个‘健全’人客串，
他不时吹吹萨克斯，弹弹吉他，敲敲打击乐器。”

埃内斯托·格瓦拉和阿尔维托·格拉纳多
乘“曼波–探戈号”木筏沿亚马孙河而下。
摄于一九五二年六月。

“我们尽力地划着船，刚感觉快划到道上的时候，
船绕了半个圈，又回到了河流中央。
看着岸边的灯火一点一点地消失在我们的视线外，我们也越来越绝望了。
我们筋疲力尽，就安慰自己说至少我们能战胜蚊子，
一觉睡到天亮，到时候再决定怎么做。”

"获得医学学位以后我开始游历拉丁美洲，并对其有了切身的了解。除了海地和多米尼加共和国，我以这样或那样的方式访问过其他所有的拉美国家。游历刚开始的时候我还是一个学生，后来成为一名医生。途中我开始亲身感受贫困、饥荒、疾病，亲眼目睹因医疗条件欠缺，儿童的疾病得不到治愈……那个时候我开始认识到我肩负的使命，这个使命与成为著名的研究人员或是为医药科学作出实质性贡献一样重要，那就是帮助那些贫苦人民。"

（附录《环境的产物》，一九六〇年）

chile, a vision from afar

遥想智利

当我凭借当时的热情与新鲜感写下这些游记时，写出的东西可能有点浮夸，有些还背离了应有的科学探索精神。但是在一年多以后的现在，再来发表我对智利的看法可能并不恰当，我还是更愿意回顾自己当时所写的文字。

从我们的专业领域医学开始吧。总体上，智利的医疗保健还有许多有待改进的地方（虽然后来我知道，智利的医疗保健水平其实远胜于我所知道的其他国家）。免费的公立医院极其稀少，甚至在现有的这类医院里还张贴着这样的海报："如果你对医院的生存没有贡献，你还有什么资格抱怨所接受的治疗？"一般来说，在北方就医是免费的，但要支付住院费，价格不等，从低消费到正常花费，再到等同于合法偷窃的天价都有。丘基卡马塔矿上的工人生病或受伤时，每天的医疗费和住院费是五埃斯库多[1]，但不在矿上工作的人每天则要支付三百到五百埃斯库多。医院一贫如洗且缺乏药品和足够的设施。不仅在小城镇，即使在瓦尔帕莱索这样的大地方，手术室通常也是脏兮兮的，而且照明不良。手术设备短缺，卫生间脏乱，人们的卫生意识也很薄弱。智利人习惯（后来我看到几乎整个南美洲都这样）把用过的卫生纸丢在地上或专用盒子里，而不是马桶里。

智利的生活水平低于阿根廷。南部除工资水平极低之外，失业率也很高，政府只给工人提供很少的保护（虽然比起南美洲大陆北部略好一些）。这一切都驱使智利人如潮水般移民到阿根廷，找寻传说中的黄金之城。政客们就是这样向安第斯山脉以西的居民宣传的。在北方，在铜矿、硝石矿、金矿和硫矿工作的工人收入较高，但是生活

[1] escudo，智利旧货币单位。

费也极其昂贵，况且他们经常缺乏许多必要的消费品，山上的气候也极其恶劣。这让我想起了我和丘基卡马塔的一位经理的对话。我问他，埋葬在当地墓地里的一万多名工人的家属可以获得多少赔偿金？经理没有答话，只是意味深长地耸了耸肩。

智利的政局也很混乱（这段文字写于伊瓦涅斯成功当选之前）。当时有四位总统候选人，其中卡洛斯·伊瓦涅斯·德尔坎波胜算最大。这个有着和庇隆类似的独裁倾向和政治抱负的退役军人，用一个元首的全部热情鼓舞着他的人民。他的权力基础是社会主义民众党，同时他还得到了支持这一党派的众多小党派的联合支持。据我看来，排在第二位的是政府竞选者佩德罗·恩里克·阿方索，可他的政治立场不明确；他似乎与美国人交好，而且又讨好其他党派。右翼的领袖是阿图罗·马特·拉腊因，这个大人物是已故总统亚历山德里的女婿，拥有国内各个保守团体的支持。处于最不利地位的是人民阵线候选人萨尔瓦多·阿连德[1]，他得到共产主义者的支持，但正因为他们

[1] 一九七〇年阿连德当选智利总统。一九七三年，智利发生一场由美国支持的政变，确立了奥古斯托·皮诺切特将军的独裁统治，这场统治持续了十七年。——原注

和共产党有联系，因而被剥夺了选举权，所以他只得眼睁睁地看着自己的选票数减少了四万张。

伊瓦涅斯很有可能会这么做：奉行拉美式政治，利用人们对美国的仇视来获取民心；将铜矿和其他矿产国有化（虽然美国在秘鲁拥有大面积的矿床，实际上也准备好开始开采，但这一事实并没有大幅增加我的信心，让我相信在智利这些矿产的国有化是切实可行的。至少在短期内不可能）；同时继续推行铁路国有化，并大规模地扩大阿根廷和智利之间的贸易。

作为一个国家，智利给任何一个愿意为其工作的人提供了经济保障：即，任何一个接受过一定教育，并具备一定技术知识的人，只要他们不是无产阶级。智利也有足够的土地来饲养牲畜（特别是羊）、种植谷物，达到自给自足。智利还有众多必需的矿产资源——铁、铜、煤、锡、金、银、锰和硝石，这些也能使智利成为一个工业强国。摆在智利面前的首要任务，就是摆脱身后那个指手画脚的美国佬。但从目前来看，这个任务实为艰巨，因为美国在智利有巨额投资，一旦利益受到威胁，美国人很容易就能动用其经济霸权，耀武扬威。

tarata, the new world

塔拉塔，一个新世界

国民卫队站就是这座城市的界标。才离开这个界标没多少米，我们就已经觉得背包重了百倍。太阳炙烤着我们，像平时一样，白天我们穿了太多衣服，虽然后来我们觉得很冷。坡路很陡，在村里我们看到了一座金字塔形建筑，那是为纪念在与智利的战争[1]中牺牲的秘鲁人而建造的。一眨眼工夫，我们就走到了这里。我们决定先在这儿歇歇脚，运气好的话，说不准还能搭上过路车呢。沿路看到的只有几乎寸草不生的荒山，还有宁静的塔克纳，那里的街道窄小而肮脏，屋顶是赤褐色的，远远看过去让人沮丧。第一辆卡车经过时我们十分激动，我们怯生生地伸出拇指示意要搭车。出乎意料，车停在了我们正前方。阿尔维托和司机交涉，用我已经听到烂熟的话向他解释我们此行的目的，请他送我们一程。司机点头表示同意，示意我们爬进后车厢和一大群印第安人坐在一起。

我们大喜过望地拎着大包小包，正准备上车，司机突然大喊了一声："到塔拉塔要五索尔，你们知道吧？"阿尔维托愤怒地质问司机，为什么之前我们要求免费搭车时他什么也不说，司机说他根本不知道什么叫"免费"，反正到塔拉塔就要五索尔……

"司机都一个德行，"阿尔维托生气地说。他居然就这样把所有失意都算在了我的头上，因为是我一开始就建议步行出镇搭便车，而他则建议就地等车。是该做决定的时候了，我们可以走回去，但这样就等于承认失败；或者，我们可以继续步行，顺其自然。我们选择了第二种方案——步行。不久事实就摆在了眼前，我们的决定不怎么

[1] 在一八七九至一八八三年的硝石战争中智利吞并了矿产资源丰富的阿塔卡马沙漠。

明智：太阳即将下山，四周完全没有任何生命迹象。但我们仍然猜想在离村庄这么近的地方，会有间小屋或其他什么栖身之处，这种错觉支撑着我们继续走下去。

天很快就漆黑一片，而我们连一个住宿的标志都没见到。更糟的是，我们连做饭和煮马黛茶的水都没有了。天更冷了，受沙漠气候和我们所在的海拔的影响，情况越来越糟，我们疲惫的程度是常人无法想象的。我们当机立断，决定把毛毯铺在地上睡到天亮。夜黑无月，我们只好摸索着摊开毯子，尽量把自己裹好。

五分钟后阿尔维托告诉我，他已经冻僵了，我回答说我可怜的身体更加冰冷。但这不是耐冻比赛，所以我们决定想办法解决问题：去找些小树枝生点火，也正好找点事情做。结果果然很惨。我们用找来的一小把树枝在我俩之间生了火，但火太小，一点也不暖和。饿着肚子已经够糟了，寒冷则使我们更加烦躁。到了这地步，我们再也没法儿光躺在那儿看着那四根未燃尽的枝条，只得收拾起铺盖继续在黑暗中前行。一开始为了暖和身子，我们快步向前，但随即我们便喘不上气了。我能感觉得到汗水在夹克下流淌，但我的双脚却冻得麻木，寒风刺骨，就像刀一样割着我的脸。两小时后我们彻底累垮了，看了看手表，现在才凌晨十二点三十分，乐观估计至少还要五小时天才会亮。我们又拌了会儿嘴，又试了试裹着毛毯睡觉，可五分钟后我们再次上路了。当我们看到远处的车头灯时夜还很长，这没什么好激动的——搭便车的机会渺茫——但至少我们可以看清路了。事实果真如此，我们疯狂地呼喊，而卡车则无动于衷地从我们身边开过。车灯照出的是一片荒无人烟的不毛之地，既没有树木，也没有房屋。慌乱减少了，但每分钟都变得更加漫长，直到最后挨过几分钟都像几小时一样漫长。有两三次远处传来的狗叫声给了我们一丝希望，但漆黑的夜幕隐藏了一切，狗也安静下来或往其他方向跑了。

早晨六点，我们看到路边有两座小屋沐浴在明亮的晨曦里。离小屋只有几米的时候，我们顿时健步如飞，像闪电一样来到了屋前，仿佛背上完全没有负重。我们仿佛从没有受到如此热情的款待，从没有吃过他们卖的这种面包和奶酪，也没有喝过如此提神的马黛茶。阿尔维托向他们炫耀着他的医师资格证，还说我们来自美妙的国度阿根廷，在那里生活着庇隆和他的妻子艾薇塔，在那里穷人和富人一样富有，印第安人也不像在这个国家一样受到残忍的剥削和对待。在这些纯朴的人们眼里，我们似乎就是下凡的神仙。我们回答了无数个有关我们国家和那里的生活方式的问题。夜晚依旧寒气逼人，但我们却诗情画意地将阿根廷形容成了昔日那个充满魅力的国度。“乔洛”[1]的腼腆与和善鼓舞了我们，我们在附近一个干涸的河床上铺开毯子，感受着初升太阳的抚慰进入了梦乡。

我们听从了老比斯卡查[2]的建议，忘却了昨夜的艰辛，中午十二点便兴高采烈地再次出发。然而路很长，不久我们就频频停了下来。下午五点我们停下休息，漠然地看着一辆卡车开来。和往常一样车上载着要被贩卖的人，这是当地最有利可图的贸易。但卡车出乎意料地停了下来，我们看到塔克纳的国民卫队成员开心地向我们挥手，邀请我们上车。不用他们再度邀请我们就上了车。后车厢里的艾马拉[3]印第安人好奇地看着我们，却什么也不敢问。阿尔维托试图与他们中的某些人交谈，但他们的西班牙语很差。卡车继续上坡，经过一处纯粹的荒芜之地，那

[1] 印第安人或梅斯蒂索人（西班牙人与印第安人所生的混血儿——译注）。——原注

[2] 阿根廷诗人何塞·埃尔南德斯所写的关于加乌乔人生活的史诗《马丁·菲耶罗》中的人物。——原注

[3] Aymara，南美印第安人群体，居住在今秘鲁和玻利维亚的安第斯山脉中部高原。

里只有少数奋力生长的荆棘丛表现出些许生命的迹象。过了一会儿，卡车上坡时的隆隆声突然消失了，伴随着一声如释重负的声响，我们缓缓登上了高原。我们进入了埃斯塔克镇，眼前的风景令人难以置信，我们立刻陶醉地将视线固定在四周的景物上，接着我们忙不迭地追问眼前的这一切究竟叫什么？它们究竟有什么由来？那些艾马拉人听不懂我们在说什么，但他们乱七八糟的西班牙语说出的，却加深了周围的一切对我们的情感冲击力。我们身处一个传奇般的山谷，它似乎定格在数百年前，而今我们这些二十世纪快乐的凡人却有幸得见。印加人为其子民兴修的灌溉渠从山上蜿蜒至山谷里，形成上千座小瀑布，它们盘旋而下，在路间来回流动。我们前方低低的云层遮蔽了山顶，但在云层的罅隙间你正好能看到雪落在最高峰上，渐渐染白了山峰。印第安人在梯田上精心耕种了各种作物：酢浆草、昆诺阿藜、卡尼瓦藜、秘鲁红椒和玉米，为我们翻开了一页植物学的新画卷。我们看到了一群穿戴得和我们同车的印第安人一样的居民，他们的穿戴与自然环境浑然一体：色彩暗淡的羊毛短披风、紧身及膝短裤和用绳子或废轮胎做的凉鞋。我们一边捕捉着每一个景象，一边继续下山前往塔拉塔。在艾马拉语中，“塔拉塔”的意思是顶点或交汇点。这个名字取得颇为贴切，因为塔拉塔正好处于由守护的群山组成的一个巨大“V”字形里。塔拉塔是一个古老而平和的村庄，延续着几世纪以来的生活方式。这里的殖民教堂是考古学的一块瑰宝，因为它标志着外来的欧洲艺术与当地印第安风格的融合，这比它悠久的历史更具价值。镇上的街道是由当地的石料铺成的，既不平整又狭窄，上面走着背着孩子的印第安妇女……简而言之，在这一幕幕典型的景象中，塔拉塔的每一个气息都唤起了西班牙殖民时期前的时光。但是，我们眼前的这些居民已经不是那个再三起义反抗印加帝国统治、并迫使其在边境地带永久驻军的骄傲的种族了。这些注视着我们穿过镇上街道的人们是一个被击败的种族。他们目光胆怯、近乎惊恐，对外面的世界漠不关心。其中一些居民给人这样的印象：他们之所以继续生活，仅仅是因为这是他们无法摆脱的习惯。国民卫队士兵把我们带到警察局，让我们住在那儿，有些人还邀请我们吃饭。我们在城里转了转，又休息了一会儿，因为凌晨三点我们要搭一辆客车去普诺。托国民卫队的福，我们搭上了免费的车辆。

in the dominions of pachamama

在帕查玛玛的土地上

凌晨三点，秘鲁警察的毛毯充分发挥作用，它的温暖让我们恢复了精力。随后值勤的警察摇醒了我们，说是有辆开往伊拉韦的卡车！离开他们让我们觉得很难过。抛开寒冷不说，夜晚还是很美妙的。我们得到了特殊照顾，能坐在木板上，而不用与下面那群臭气熏天、浑身跳蚤的人待在一起。他们身上浓烈的臭味就像无形的套索一样。卡车上坡时我们才意识到这种特殊照顾的重要性：一点儿臭味都飘不过来，而且再敏捷的跳蚤也没法儿藏到我们身上。然而风狠狠地抽打着我们的身体，几分钟不到我们就几乎冻僵了。车继续向上开，寒气越来越重。为了不掉下车，我们不得不把手伸出多少有些保护作用的毛毯外，只要稍微移动一下位置，就很容易头朝后被甩到车尾。天快破晓时，化油器出了点在这种海拔上常见的故障，影响了引擎，卡车停了下来。此时我们已接近路的最高点，约五千米高。太阳从天边冉冉升起，这一路走来，我们一直处于漆黑之中，现在终于出现了一丝微暗的光。太阳有种神奇的心理力量——就算在地平线上还看不到，仅仅想想它能带来的温暖就已经让我们得到了慰藉。

公路的一侧长着巨大的、半球形的菌类——这是这片区域唯一的植被——我们用它们生了一小堆火来加热少许积雪化成的水。我们俩觉得印第安人的民族服饰很有趣，但在他们看来，我们俩喝的这种饮料也古怪得很，因为他们中总有人过来用蹩脚的西班牙语问我们，为什么要把水泡进那种奇怪的人工制品。卡车死活就是开不动了，所以我们大家只好在雪地里步行了将近三公里。这些印第安人的脚上长满老茧，赤脚走在冰冷的雪地上就像没感觉似的。再看看我们，穿着长筒靴和羊毛袜还觉得脚指头冻僵了，这样的反差令人惊叹。印第安人疲惫地迈着坚定的步伐，像一整列美洲驼似的向前一路小跑。

大致维修之后，卡车焕发活力继续前进。我们很快通过了最高的山隘，那里有个由大小不一的石块砌成的奇怪的锥形石堆，顶上还有个十字架。卡车经过时，几乎每个人都吐了口唾沫，还有一两个人在胸前划了十字。我们好奇地问这种奇怪的仪式有什么含义，但回应我们的只有最深的沉默。

下山时，太阳渐渐变暖，气温也更加宜人了。从山顶发源，一路伴着我们下山的那条小溪已经变成大河了。四周白雪皑皑的山顶俯瞰着我们，一群群美洲驼和羊驼对驶过的卡车视若无睹，只有几头“涉世不深”的骆马远远地逃了开去。

我们一路走走停停。在路上，我们遇到了一对印第安父子。那个儿子能说一口漂亮的西班牙语，父亲则局促不安地向我们打听着美好的“庇隆王国”。旅行途中的壮美风光让我们浮想联翩，于是我们绘声绘色地跟他讲起了各式各样的稀奇事，随心所欲地往这位“首领”的功绩里添油加醋，还跟他们讲了我们国家田园般美丽生活的种种故事。那个男人通过他儿子向我们要一份主张老年人权益的《阿根廷宪法》，我们信誓旦旦地说会给他寄一份。我们准备重新上路时，那个印第安老人从衣服下取出了一根馋人的玉米棒子给我们，我们按照民主原则迅速瓜分了玉米粒。

下午的天空阴沉沉地笼罩在我们头上。我们经过了一处有趣的地方。在那里，路边巨大的岩石被腐蚀成了封建时代城堡的模样。那上面有城垛，有令人不安地逼视着我们的怪兽状滴水嘴，还有一群巨大的怪兽像哨兵一样守护着这里，确保生活在这里的神灵们不受丝毫侵扰。绵绵细雨轻拂我们的脸庞，过了一阵子，逐渐变成了倾盆大雨。司机喊了一声“阿根廷医生”后，请我们坐到了驾驶室里。这算得上是最舒适的位置了。我们很快和一个来自普诺的教师交上了朋友。当地政府以他加入了美洲人民革命联盟（APRA）为由开除了他。这个人明显具有土著血统，更是个“阿普拉党”[1]成员——但这对我们毫无意义。此人显然对印第安奇特的风俗文化了如指掌，他和我们说了许多趣闻轶事和自己教师生涯的回忆，让我们开心不已。他的身上流着印第安人的血，所以，在专家们

[1] Aprista，即美洲人民革命联盟（APRA），后改称秘鲁人民党，为秘鲁第一大党。

对当地艾马拉人与戈雅人[1]（他形容他们是懦弱的拉迪诺人[2]）无休无止的争辩中，他出于本能，总是会选择与艾马拉人站在同一边。

他还解释了我们早些时候看到的那个古怪仪式的来历。原来，每个印第安人来到山顶后，都要用一块石头向大地之母帕查玛玛寄托自己的哀愁。这些石头逐渐堆积成了我们所看到的锥形石堆。西班牙人来征服当地的时候，他们马上试图摧毁这种信仰、废除这类仪式，但没能成功。看到这个信仰无法改变，西班牙的修道者们就在每个石堆上放了一个十字架。这一切发生在四百年前（据加尔西拉索 · 德拉维加[3]所言），而从划十字的印第安人的数量上看，天主教并未取得太大的发展。现代交通工具普及后，信徒们不再放置石头而转为吐出嚼过的古柯叶，使他们的苦难与帕查玛玛一同长眠。

每当提及他的印第安同胞——那些曾经具有反叛精神、曾经牵制住印加军队的艾马拉族人时，这名教师富有

---

[1] Coya，安第斯山脉土著群落之一，曾被印加帝国征服。

[2] 说西班牙语的拉丁美洲人，常用来指采用西班牙生活方式的印第安人。——原注

[3] 印加的加尔西拉索，一位印加公主和西班牙征服者的儿子。他是撰写西班牙征服史的编年史家之一。——原注

感染力的声音就会变得异常高亢。但一说到被现代文明和他们的同胞梅斯蒂索混血儿所迫害的印第安人的现状，他的声音便转而变得空洞而深沉。那些梅斯蒂索混血儿是他的死敌，他们因为自己夹在印第安人和西班牙人中间两头不讨好，就迁怒于艾马拉人。他告诉我们要建学校来帮助个人了解他们所在的世界的价值，并使他们能在其中发挥作用，要彻底改变现有的教育体制；在目前的教育体制下，印第安人只能获得极少的教育机会（而且是按白人标准界定的所谓“教育”），而这种教育只能让他们心中充满羞耻与怨恨，他们非但无法帮助自己的印第安同胞，还因为挣扎在一个对他们充满敌意而且拒绝接纳他们的白人世界里而处于极度的劣势。就算是这些受过教育的印第安人，他们最多也只能在政府部门里谋得低微的职位，郁郁寡欢，终其一生。他们到死都盼望着子孙们的血管里能流淌着的一滴殖民者的血，盼望着这滴血有着神奇的力量，能够帮助他们的子孙后代实现自己一辈子都没实现过的愿望。他在说这些的时候激动地双拳紧握，既像是一个命途多舛的人的自白，又像是对他想象中的楷模的热切渴望。他不正是这种“教育”的典型产物吗？这种“教育”毁掉了有幸接受过这种教育的人，因为他居然会向那“一滴”血的神奇力量妥协，哪怕这滴血来自某个被卖给“酋长”[1]的可怜的梅斯蒂索妇女，或是来自一个被喝醉酒的西班牙主人蹂躏过的印第安女仆。

我们的旅途就要结束，这位教师也陷入了沉默。路转了个弯，我们早上看到的小溪现在已经变成了一条河。我们从桥上开了过去，伊拉韦就在桥的那头。

[1] 当地的政治权贵。——原注

lake of the sun

太阳湖

圣湖只掀开了它美丽面纱的一个小角，舌头般狭长的陆地环绕着普诺海湾，挡住了我们的视线。平静的水面上，芦苇舟四处穿梭，从圣湖的入口处荡出几艘渔船。寒风凛冽，沉闷而令人窒息的天空似乎是我们心境的写照。虽然我们没在伊拉韦停留而直接到了普诺，还在当地兵营里暂时歇了歇脚并吃了顿饭，但我们的好运似乎到头了。指挥官客气地下了逐客令，他解释说这里是边防哨卡，因此严禁任何外国人在这里过夜。

没有饱览圣湖风光就离开未免遗憾，所以我们去了码头，想找个人划船带我们去湖里游玩一番。鉴于这儿的渔夫全是纯正的艾马拉人，根本不懂西班牙语，我们雇了个翻译。我们只花了五个索尔的公道价钱就找到了一个愿意带我们去的人，随行的还有那个老是说三道四的“牛皮糖”向导。我们本想在湖里游泳，但当我们用小指尖试了试水温后便改变了主意。（阿尔维托上演了一场大戏：先是脱了衣服和靴子，结果又乖乖地穿了回去。）

看着远处的小岛星星点点地散布在灰色的广阔湖面上，翻译向我们描述了当地渔夫的生活，他们中有些人几乎从未见过白人，还按照古老的方式生活，吃相同的食物，用有五百年历史的方法捕鱼，也始终保留着自己的服饰、仪式与传统。

我们的马黛茶已经剩下不多了。回到码头后，我们便走到往返于普诺与玻利维亚码头之间的一艘船上碰碰运气，希望能要到一点马黛茶。可是，在玻利维亚北部人们并不怎么喝马黛茶。事实上，他们压根就没听说过马黛茶，于是我们连半公斤茶也没找到。我们仔细观察了由英国设计而在此建造的船只，它们的奢华与这一地区的普遍贫穷格格不入。

我们的住宿问题在国民卫队站得到了解决。一个十分友好的中尉把我们安置在医务室里。虽然我们两人合睡一张床，但至少还算暖和、舒适。第二天，我们兴致勃勃地参观了大教堂后，又搭上了一辆去库斯科的卡车。普诺的医生给了我们一封写给埃尔莫萨医生的介绍信，他曾是麻风病专家，现居库斯科。

toward the navel of the world

前往世界的肚脐

第一段旅程并不太长。在胡利亚卡下车后，我们得重新找辆车载我们继续北上。我们听从普诺国民卫队的建议去了警察局，在那儿找着了一个酩酊大醉的警官。他和我们一见如故，说是要请我们喝一杯。他叫来了啤酒，大家都一饮而尽，只有我没有动杯。

“怎么了，阿根廷来的朋友，你不喝酒吗？”

“不，不是这样的。在阿根廷我们一般不这样喝酒。请别误会，我的意思是我们一定要边吃东西边喝酒。”

“但是，切伊，”他带着浓重的鼻音模仿我们国家打招呼的话，“你刚才怎么不说？”他拍了拍手，点了一些美味的奶酪三明治——我对此十分满意。接着他开始向我们吹嘘他的众多英雄事迹，吹嘘他绝妙的枪法赢得了这个地区的人们对他的敬畏。为了证明这一点，他拔出手枪并对阿尔维托说：“看着，切伊，你叼根烟，站到二十米外。如果我不能第一发子弹就点燃它，我就给你五十索尔。”阿尔维托可不是个要钱不要命的人，他没有起身的意思——至少不会为了五十索尔就起来。“来吧，切伊，我给你一百索尔。”阿尔维托还是一根手指也没动。

当他开价到二百索尔并把这些钱甩在桌上时，阿尔维托的眼睛亮了一下，但他的自卫本能还是占了上风，他还是没动。于是那个警官脱下帽子，冲镜子里瞄了瞄，把帽子往后一扔，随手就是一枪。结果帽子完好无损，墙却遭殃了。酒吧老板勃然大怒，撒腿就冲到警察局投诉去了。

没几分钟，调查这件丑事的警察就来了。他把那个警官拖到角落里谈了谈。回到我们中间后，那个警官一边气势汹汹地数落起阿尔维托，一边频频向他挤眉弄眼："听好了，阿根廷来的家伙，你身上还有刚才放的那种爆竹吗？"阿尔维托很快就领会了警官的意思，他一脸无辜地说爆竹已经没了。那个警察警告阿尔维托，说什么不能在公共场所燃放爆竹云云，然后他告诉老板，墙上一点枪痕也没有，这件事就这么算了。女老板本想叫那个僵硬地靠在墙上的警官从站着的地方挪开几厘米。但在心里迅速权衡利弊后，她明智地决定，从此绝口不提墙上的枪痕，转而给阿尔维托狠狠补了一顿教训。"这些阿根廷人觉得什么地方都是他们家！"她一面数落，一面还夹杂着一些辱骂，因为我们逃走了，距离太远，没有听到。逃跑的时候，我们一个人对啤酒恋恋不舍，另一个则对三明治念念不忘。

我们又找到了一辆顺路车，和几个来自利马的年轻人同行。一路上，他们一个劲地想表现出自己比沉默的印第安人强多了，而印第安人尽管一直受到骚扰，却始终没有表现出来。起初我们一直看着其他方向，根本不搭理他们，但几小时后车开上了一望无际的平原，旅途的沉闷迫使我们和他们交换了只言片语，毕竟他们是车上唯一的白人，也是我们唯一能聊天的对象，因为那些警惕性很高的印第安人几乎不理睬我们的问题，随便哼一声就算是回答了。其实，这些利马来的小伙子们的举止也很正常，他们只不过是想和印第安人划清界线罢了。我们用力嚼着新朋友煞费苦心为我们找来的古柯叶时，我们这几位毫无戒心的伙伴已经跳起了探戈。

天快要完全黑下来的时候，我们到了一个叫阿亚维里的村庄，国民卫队的头儿出钱让我们住进了旅馆。我们刚要对他的惊人之举作出无力的反抗时，他说："抱歉，怎么可以让两位阿根廷医生因为没有钱风餐露宿呢？这可不行。"尽管床很暖和，但是，我们几乎一整晚都没合眼，因为之前我们逞强吞下的古柯叶开始报复了，弄得我们一整夜都觉得一阵阵反胃、腹痛和头疼。

第二天一大早，我们就乘坐同一辆卡车前往锡夸尼。下午我们到达那里，又冷又饿，再加上下雨，我们几乎垮了。我们照常在国民卫队站过夜，他们也一如既往地善待了我们。流经锡夸尼的是一条小得可怜的河流，叫比尔卡诺塔河，这条河浊流滚滚，而我们有一段路程就是要沿着这条河流前行。

锡夸尼市场色彩斑驳，货物琳琅满目，小贩一成不变的揽客声和人群单调的嗡嗡声不绝于耳。我们正看着这一切出神的时候，街边聚拢的人群引起了我们的好奇。

透过黑压压的、安静的人群，我们看到一列行进的队伍。领头的是十来个穿彩色法衣的修道士，随后是一列面容严肃的乡绅，他们身着黑衣，扛着一口棺材。他们标志着一场正式葬礼的结束，一大群人乱哄哄地挤在后面。队伍停住了，一个身着黑衣的人出现在一个阳台上，手里拿着几张纸念道："他是一位受人尊敬的人，在我们向他伟大的一生道别之际，我们有责任……"云云。在他唠叨了一大堆之后，队伍前进了一个街道，又一个穿黑衣的人出现在阳台上。"有的人虽然离开了我们，但我们还记得他的善行和高风亮节……"于是，就这样，每走到一个拐弯的地方，村民就把这个可怜的老人放下来悼念一番，最后总算是把他送到了最终的安息之地。在他的身后，留下的是村民对此一路的怨怼。

又是一天的旅程，和前些天并没有什么两样，最后：库斯科终于到了！

the navel

世界的肚脐

“引人遐想”这个词完美地诠释了库斯科。另一个时代的尘埃在这里沉淀，仿佛是无形的，但当你伸手去摸的时候，它们又像是溅起了混浊泥浆的泥塘。但库斯科可不止一个，或者说得更明白点，我们可以从两三个不同的角度来看这座城市。从玛玛·奥克略的黄金手杖轻轻松松地插入泥土的那一刻起，印加人的祖先明白了——这里就是维拉科查为他的子民挑选的永久家园。从此他们结束了流浪生活，以征服者的姿态来到这片乐土。新的景象让他们激动得难以自已，看着自己的帝国日渐强盛，四周的高山已经无法再阻挡他们的视线，他们总能看得更远。这些改变了信仰的流浪者开始扩张“塔万廷苏约”，在他们征服的土地的中心、世界的肚脐——库斯科[1]构筑要塞，并在这里建立起了帝国必需的防御工事，即萨克萨瓦曼堡。这座壮观的城堡高高耸立在库斯科上方，俯瞰着整座城市，并守护着宫殿和寺庙，使其免遭帝国敌人的报复。从遭无知的西班牙人摧毁的要塞到神庙的废墟，从洗劫一空的宫殿到被冷酷压榨的民族，眼前的库斯科满目疮痍，令人扼腕。但就是这样的库斯科，让你有种冲动，想拿起武器，成为一个为印加自由和生机而战的斗士。

从城市上方能看到库斯科有别于那个被摧毁的要塞的另一面：这个库斯科的屋顶色彩亮丽，但被巴洛克教堂的圆顶破坏了和谐的统一感。极目远眺，只看见狭窄的巷道和身穿传统服饰的土著居民，以及浓郁的地方色彩。这样

---

[1] 玛玛·奥克略是印加帝国第一位国王曼科·卡帕克的姐妹和妻子。传说两人同时降生，从的的喀喀湖降临人间，象征男女是同一的、平等的。维拉科查是印加创世神，“塔万廷苏约”（四个部分）就是印加帝国，而库斯科就是这个帝国的中心。——原注

的库斯科又让人不免流连，走马看花般观赏着各式景色，惬意地与冬日深灰色天空下的美景融为一体。

但库斯科还有另一番面目。一群斗士以西班牙的名义征服了这里，这座生机勃勃的城市的纪念碑见证了他们无畏的勇气。在图书馆和博物馆里，在教堂前面，在至今仍将这场征服引以为荣的白人头领的鲜明面容中，我们看到了另一个库斯科。这样一个库斯科让你披挂上阵，骑上强壮的马匹，在一群缺盔少甲、赤身裸体的印第安人中杀出一条血路，让他们用身体筑起的人墙在自己的马蹄下崩溃、消失。

库斯科的每一面都让我们赞不绝口，驻足停留。

the land of the incas

印加的土地

库斯科四面环山。对居住在此的印加人来说，这些山峦更像是危险而非屏障。为了保护自己，他们在山坡上修建了巨大的萨克萨瓦曼堡。对不求深究的人来说，这样的解释已经足够了，显然，我也不可能对这样的解释全然置之不理。话虽如此，萨克萨瓦曼堡的确可能是这个伟大城市发源的中心。在停止游牧生活后的一段时期，印加只是个有那么点志气的小部落，要与数量上占优势的敌人作斗争，就得在定居点周围做好防护，萨克萨瓦曼堡无疑是个理想的所在。单纯为了抵御外敌的理由无法解释萨克萨瓦曼堡的建筑布局。要是再考虑到库斯科仅仅在这个方向上修建了要塞，而在其他方向却不设防，萨克萨瓦曼堡的存在就更不合情理了。能解释这种现象的，只能是萨克萨瓦曼堡兼具城市和要塞的双重功能。值得一提的是，萨克萨瓦曼堡刚好控制了通往库斯科的两座陡峭的山谷。锯齿状的城墙意味着进攻的敌人要面临三面受敌的窘境。就算敌人攻破了这座城墙，也还有第二座、第三座类似的城墙在等着他们。而防守的印加人则有调兵遣将的空间，可以将注意力集中在反击上。

这一切和这座城市后来的荣耀，都构成了克丘亚武士在守城之战中面对来犯之敌不可战胜的印象。虽然是一个天生敏于数学、精于创造的民族修建了这个防御工事，但至少在我看来，这个工事是前印加文明时期的产物，那时候他们还不会享受物质生活带来的舒适。克丘亚是个冷静有节制的民族，他们的文化并不繁荣，却在建筑和艺术领域有相当高的造诣。克丘亚族武士在与敌人的斗争中节节胜利，将敌对部落远远地赶离库斯科。要塞无法再容纳新繁衍出来的人口后，他们开始沿着原来取水的溪流向附近的山谷迁徙。他们强烈地意识到自己现在享有的荣耀，于是开始回首往昔，想找出自己优越的原因。为了向护佑他们获取统治地位的无所不能的神灵表示敬意，他们修建了庙宇，社会上也出现了神职阶层。他们通过这种方式展现了自己高超的石艺，建造出气势恢宏的库斯科，但最终还是被西班牙人攻破。

时至今日，征服者为了永久保持统治地位，像一群乌合之众一样肆意暴虐。印加民族作为统治阶级的时代也早已一去不复返，但时间没能摧毁他们谜一般的石街。白人侵略军破城后洗劫了这座城市，肆无忌惮地袭击印加庙宇。他们不但对覆盖在城墙上、代表着太阳神印蒂的黄金垂涎欲滴，而且还带着残忍的快感，将这个沉浸在悲伤中的民族的代表快乐和生命的象征换成了自己这个喜气洋洋的民族背弃了的偶像。印蒂的神庙被夷为平地，原来的墙砖用来修建新信仰的教堂：原来恢宏的宫殿现在变成了大教堂，原来的太阳神庙上建起了圣多明戈教堂，这是骄傲的征服者留下的教训和惩罚。然而，愤怒不已的美洲之心不时怒吼、战栗，从安第斯山的另一侧传来震颤，以狂暴的痉挛侵袭地表。骄傲的圣多明戈大教堂的穹顶倒塌了三次，随着梁柱的断裂，破旧的墙壁也一起裂开崩塌，但作为它们的地基，太阳神庙主体的灰石依然如故，无论上面的“压迫者”遭受了怎样的灾难，这些巨石始终一块都岿然不动。

孔[1]的复仇与受到的污辱相比却显得微不足道。那些灰石如今已经不再祈求自己的保护神们摧毁令人憎恶的外来种族，它们表现得无精打采，只能引来游人的阵阵感叹。虽然印第安人历尽千辛万苦修起了印加·罗卡[2]宫殿，在尖石上雕刻了精巧的图案，但在白人征服者的肆虐狂暴面前，在征服者所掌握的砖瓦知识、穹顶和圆拱门面前，这又有何用呢？

痛苦的印第安人没能等来神对侵略者的惩罚，反而看到一座座新修的教堂，这些教堂甚至在抹煞他们引以为豪的过去。印加·罗卡宫殿的六米高墙，在征服者眼中只能用来承载殖民者的行宫，宫殿完美的石头结构折射出战败的斗士的呐喊。

但这个孕育出《奥扬泰》[3]的民族，留下的不仅仅是

[1] Kon，印加神话中风雨之神，太阳神印蒂（Inti）和月亮女神之子。

[2] Inca Roca，印加君主，约十四世纪初即位。

[3] 一出记述印加将军奥扬泰的史诗戏剧，主人公因与一位印加公主相爱而被处死。——原注

用来纪念昔日辉煌的库斯科建筑群。在比尔卡诺塔河和乌鲁班巴河沿岸一百多公里的地方，散布着印加文明过去的标志。其中最重要的总是在山顶——在那里，他们的要塞坚不可摧，无从偷袭。在一条崎岖的小道上跋涉两小时后，我们来到了皮萨克山的顶点。在我们之前，西班牙士兵也来过这里，他们用手中的剑杀死了皮萨克的保卫者，摧毁了皮萨克的防御，甚至庙宇。身处散乱的石块间，你会发现这里曾经是一处防御性建筑，是祭司们的住所。印蒂瓦塔纳[1]曾在这里停留，抓住并捆起了正午的烈日。然而，如今这些遗迹却几乎荡然无存了！

沿着比尔卡诺塔河一路走去，在经过一些无足轻重的遗迹后，我们来到了奥扬泰坦博。曼科二世[2]曾在这个巨型要塞与西班牙入侵者浴血奋战，抗击埃尔南多·皮萨罗的部队，并建立了由四个印加家族组成的小王朝。直到最后一个软弱的帝王在库斯科的主广场上遭托莱多总督下令刺杀之前，这个王朝一直与西班牙帝国共存。

[1] Intiwatana，又称“拴日石”，印加人制造的日晷。传说每年冬至时，为祈祷太阳重新回来，印加人会象征性地把太阳拴在这块巨石上。

[2] 曼科二世在帮助推翻阿塔瓦尔帕后，被埃尔南多·皮萨罗推上印加王位，其后曼科二世转而反抗西班牙入侵。一五三六年他在奥扬泰坦博第一次起义，遭到挫败。——原注

比尔卡诺塔河上有一座不到百米高的小山，直插入河，奥扬泰坦博要塞就在这座山的山顶和唯一难防的一面山坡上。几条狭窄的小径将它和旁边的山脉连起来，石制的防御工事能轻易牵制住势均力敌的敌军的进攻。要塞下半部的建筑方式完全出于防御目的，在坡度稍缓的地方要塞分出近二十个易于防守的层级，可以从各个方向反击进攻者。要塞上半部是士兵营房，顶上则有一个可能用来存放贵金属战利品的庙宇。现在即使是建那座庙的巨石都已经从原来的地方移开，甚至连记忆也都荡然无存了。

回库斯科的路上，在萨克萨瓦曼堡附近有一处典型的印加建筑物，导游认为那是印加人洗澡的地方。我觉得有点儿奇怪，从这儿离库斯科的距离来看，这里只可能是宗室进行沐浴仪式的地方。假如真是这样的话，古时候印加皇帝的皮肤肯定比他们后代的皮肤要坚韧得多——那儿的水喝起来很爽，但却冷得很。这个遗址叫坦博马查伊，就在印加山谷的入口处，它上面有三个四边形的深坑，看不清楚形状，也不知道用途。

这个地区最具考古和“旅游”价值的遗址是马丘比丘，这个名字在土著语中的意思是“古老的山”。这个名字很难让人想到，一个自由民族的最后一批人曾在这里居住过。发现马丘比丘的美国考古学家宾厄姆认为，这个地方不仅仅是躲避侵略者的避难所，更是占统治地位的克丘亚族最初的居住地和他们的圣地。后来的西班牙征服时期，这里也成了被击败的军队的藏身之处。乍看之下，似乎有种种证据可以证明宾厄姆的看法是正确的。比如，虽然奥扬泰坦博要塞背后的山坡坡度不足以保证对进攻的敌人进行有效打击，但要塞中最重要的防御建筑还是背对马丘比丘的，这说明他们的后方应该可以从那个方向得到掩护。另一个证明是，即使在抵抗溃败后，他们依然费尽心机对外人隐瞒这个地方。最后一个印加人被捕的地方远离马丘比丘，宾厄姆在那儿发现的几乎全是女性的尸骨。宾厄姆认为她们是太阳神庙的处女，西班牙人从未把太阳神教的成员找出来过。作为类似建筑的惯例，太阳神庙和著名的印蒂瓦塔纳位于城市的顶部。神庙在当作基座的岩石上雕刻而成，周围垒起的石块经过仔细打磨，这些都说明了这个地方的重要性。向河对岸看过去是三个具有典型克丘亚建筑风格的不规则四边形窗口。宾厄姆认为，印加神话中的艾留斯兄弟就是从这三个窗户进入外面的世界，引导天选之民来到这片圣地的。我知道这个说法有点牵强附会。当然，有很多著名的研究员都驳斥过这种说法，还有众多关于太阳神庙功能的辩论。作为发现者，宾厄姆坚持认为这和库斯科太阳神庙一样，是一个封闭的圆圈。不管怎么样，石料的形状和切割方式都说明这个神庙异常重要，还有人猜测，在这些构成神庙地基的巨石底下就是印加人的墓穴。

在这儿你很容易发现村子里不同社会阶级的区别，不同阶级之间的地盘截然不同，并或多或少与其他族群保持了一定的距离。遗憾的是，他们只知道用茅草来做屋顶，即使是最豪华的地方也找不到其他材质做成的房顶，但缺乏拱顶知识的建筑者要解决这个问题绝不容易。在为武士准备的建筑里，我们看到了像小房间一样的洞穴，在洞两边凿的孔大小足够伸出一个人的手臂。很明显这个地方是用来体罚的，被罚人的手臂被强制性地从两边的孔里伸出来，然后被反方向推到骨头断掉为止。我不确定这个过程是不是有效，就用自己的双臂这么试了试。阿尔维托慢慢地推着我，只稍稍用了一点力就让我觉得剧痛无比，感觉要是他再推我一把的话，我的身体就会被整个儿撕开。

不过，从比马丘比丘高二百多米的瓦伊纳比丘（意为“年轻的山”）山上，你可以欣赏到这个城市要塞的宏伟壮观。这里以前肯定是个观望点一类的地方，而不是居住点或是防御工事——这儿的废墟没那么重要。马丘比丘的两面坚不可摧，一面是临河的三百多米的深渊，一面是和“年轻的山”相连的狭窄的峡谷。最易受敌的一面是一层层的梯田，但是，想从这里发起任何进攻都难于登天。马丘比丘的正面朝南，向正面看过去，是大片的防御工事和天然的狭窄山尖，要从这个方向进攻也不容易。如果你还记得山脚下是汹涌的比尔卡诺塔河的话，就可以看出，马丘比丘的第一批居民选择这里实在是个明智之举。

事实上，库斯科最初的起源并不重要，最好还是留给考古学家去讨论吧。最重要、最无可争议的是，我们在这里找到了美洲最强大的土著最纯粹的一面——未受外来征服者文明的影响，城墙之间遍布有强大感召力的珍宝。这些城墙本身因为其间没有生命而显得死气沉沉。有堡垒周围壮丽的风光作为背景，寻梦人不禁在它的废墟上徘徊。受实用的世界观所限，北美来的游客可能会将旅途中看到的四分五裂的部落和这些曾经的城墙联系起来，而注意不到从伦理上分隔它们的距离。毕竟，只有半土著的南美洲人才知道这些细微区别。

our lord of the earthquakes

我们的“地震之主”

地震后，大教堂内第一次传出玛丽亚·安哥拉的钟声。玛丽亚·安哥拉钟是世界上最大的钟之一。据说这口钟内熔入了整整二十七千克黄金，据说金子是由一位名叫玛丽亚·安古洛的女士捐赠的，但因为俚语押韵[1]上的小问题，就把钟名取成了玛丽亚·安哥拉。

大教堂的钟楼在一九五〇年的地震中损毁，由佛朗哥[2]政府出资重建。为表示感谢，乐队受命演奏西班牙国歌。随着第一声和弦响起，大主教的双手像木偶似的来回摆动，但他的红帽子竟一动不动。大主教嘴里嘟囔着：“停，停，错了！”有个西班牙人在下面愤愤地说道：“我们辛辛苦苦工作了两年，结果他们就搞了这玩意儿！”我不知道是出于好意还是恶意，乐队演奏的是西班牙共和国国歌[3]。

下午，我们的“地震之主”离开了富丽堂皇的大教堂，那其实不过是个深褐色的基督像。人们列队抬着他来到每一座重要的教堂，这段朝圣之旅走遍了城市的每一处角落。他经过时，一群游手好闲者竞相向他丢去一束束小花。这些小花茂密地生长在附近的山坡上，当地人称其为“努丘”。艳红的花、古铜色的“地震之主”和他脚下银色的祭坛，这一切都给人一种异教节日的感觉。印第安人色彩斑斓的服饰更是强化了这种感觉。为了这一盛会，印第安人穿上他们最好的传统服饰，展示出一种依然活生生的文化或生活方式。与此相对，一小队穿着欧洲服装的印

---

[1] 因为安古洛(Angulo)和culo同韵，而culo在西班牙语中意为蠢蛋。——原注

[2] 佛朗哥将军是西班牙军事独裁者，他的统治从一九三六年开始直到他一九七五年去世。——原注

[3] 佛朗哥在西班牙内战中推翻了西班牙共和国。

第安人拿着横幅走在队伍的前头。他们脸上疲惫和矫揉造作的神态，就像拒绝响应曼科二世号召、宣誓服从皮萨罗的克丘亚人一样：他们战败的丑态是在给一个独立民族的骄傲抹黑。

在观看游行的印第安人中，我们不时可以瞥见一个金黄头发的北美洲人，他在个子矮小的人群中格外显眼。他手拿照相机，身穿运动衫，好像是（实际上也确实是）来自另一个世界的记者，这个世界已经失落在封闭的印加帝国中。

homeland for the victor

胜利者的家园

许多年来，曾是印加帝国奢华一时的首都的库斯科城，仍习惯性地保留着许多昔日的光辉。新一代的库斯科人一直在夸耀它的富庶，但它拥有的财富还是那些而已，并未增加。曾有一度，由于金矿、银矿全都汇聚于此，库斯科的财富不降反增；唯一不同的是库斯科不再享有“世界的肚脐”的美誉，而成了世界边陲的一隅。它的财富外流到大洋彼岸的新都市，去伺候另一个帝国的富人了。印第安人不再在这块贫瘠的土地上卖力工作，连西班牙征服者也不会为了生计而天天来抢夺土地，他们更热衷于靠英雄事迹或单纯的贪婪来获取唾手可得的财富。慢慢地，库斯科开始衰败，被排挤到世界的边缘，最后淹没在群山之中。这时在太平洋沿岸一个新的竞争对手利马出现了，利马靠着那些聪明的中间人对流出秘鲁的财富征来的税而不断发展壮大着。虽然印加首都从昔日的辉煌走向如今的没落并没有经历翻天覆地的变化，但是，毋庸置疑，一个辉煌的时代已经悄然逝去。库斯科仍然保留着大量带有殖民色彩的历史遗迹，直到最近，随着一两栋现代建筑的拔地而起，这种浑然一体的建筑风格才遭到了冲击。

大教堂稳稳地耸立在市中心。它有着那个时代特有的坚固，这使它看起来更像是一座堡垒而不是教堂。它金碧辉煌的室内装修映衬出了以往的繁荣富庶。挂在侧边墙上的巨幅画作虽比不上圣堂各处的财富，却似乎也不会显得不协调，至少对我来说，那幅《圣克里斯托弗河中现身图》是幅很好的作品。地震也给这里造成了重创：画框坏了，而画作本身也满是刮痕和褶皱。金色的画框掉落下来，通往两侧圣坛的金色大门上的铰链也都掉落了，两相对照，显得十分奇怪，好像在诉说着岁月的无情。金色没有银色的柔和尊贵，更不像银色会随着岁月的流逝而更显魅力，所以整个大教堂装扮得像是一个浓妆艳抹的老妇人。倒是那些唱诗席位蕴藏着真正的艺术，它们是印第安或梅斯蒂索工匠用木头做成的。从那些雕刻着圣徒生活的图案可以看出，工匠们已经把天主教大教堂的精神和真正的安第斯民族的神秘灵魂注入到松木里了。

库斯科值得每个游客一看的另一珍宝是圣布拉斯方形会堂的讲坛。那里最值得一看的莫过于其精湛的雕刻，从它面前经过时你会被深深吸引，不禁驻足。像大教堂唱诗班席位一样，它表达出了两个敌对、但又几乎互补的种族之间的融合。整座城市就是一个巨大的画廊：教堂，甚至每座房子，每个俯瞰街道的阳台，都会让人不禁回想起过去的时代。当然，它们不是每一个都具有相同的优点。当我在写这些的时候，由于离那里那么远，而摆在我面前的那些笔记又显得那么苍白做作，我实在无法形容哪一个给我留下的印象最深。在我们参观过的教堂的模糊印象中，贝伦教堂钟楼那萧条的情景还历历在目，地震之后，教堂钟楼的断壁残垣，就像山坡上一堆被肢解过的动物尸骸。

不过仔细回想分析一下，其实并没有多少艺术品是经得起细细品味的。库斯科作为一个值得一看的城市并不是因为它的哪幅画作，而是整个城市总体给人的一种感觉——那种看似平静，偶尔也会令人不安的文明中心已经一去不复返的感觉。

cuzco straight

还是库斯科

如果把库斯科的一切荣耀都从地球表面上抹去，而只剩下一座缺乏历史底蕴的小村庄，这里还是会有值得一谈的地方。就像混合鸡尾酒一样，我们把所有的印象都搅拌在了一起。在那两周的生活里，我们从未丢掉流浪的性格，那种性格贯穿了我们整个旅程。我们带给埃尔莫萨医生的那封介绍信的确很管用，虽然他其实并不是那种需要这样的正式介绍函才肯帮忙的人。得知阿尔维托曾和美洲最有名的麻风病专家之一费尔南德斯医生共事过，就足以让他帮助我们了，更何况阿尔维托早已精于此道，总是能将手中的这张王牌用得恰到好处。和埃尔莫萨医生的长谈让我们对秘鲁的生活有了大致的了解，也让我们趁机搭着他的顺风车，游览了整个印加山谷。他对我们很友善，还为我们找来了去马丘比丘的火车票。

由于地形高低起伏，车开起来很费劲，所以当地火车的平均速度大约只有每小时十到二十公里。为了使火车在离城时能克服那个艰难的上坡，铁轨必须经过特殊处理：火车先向前开一会儿，然后向后滑行至另一条铁轨，接着再从这条铁轨开始爬坡。这样来回重复好几次，直到火车爬到坡顶然后开始沿着一条汇入比尔卡诺塔河的河流下坡为止。在火车上，我们遇到了一对卖草药兼算命的智利骗子。他们对我们很友好，我们请他们喝马黛茶，他们也和我们分享了他们的食物。到达那片遗址的时候，我们碰到了一支足球队，并且应邀和他们一起踢足球。当地人称球场为“潘帕”，在场上我借此机会向他们要了几个精彩的救球动作，而阿尔维托则在中场展示了他的技巧，后来我们就谦虚地承认我们曾在布宜诺斯艾利斯超级联赛中踢过球。我们相当优秀的踢球天赋引起了球队老板的注意，球队老板也是旅馆的经理。他邀请我们在那里住几天，等下一帮北美人被火车专列运来的时候再走。球队老板索托先生不仅人好，还很博学，在我们谈完他最喜欢的体育话题后，我们还详细探讨了印加文化，他对印加文化很是了解。

离开的时候，我们都很难过。我们喝完索托先生为我们准备的最后一杯美味的咖啡后，就登上了返回库斯科的小火车，火车要开十二小时。在这类火车中有一些三等车厢，是“专门”给当地印第安人准备的，跟阿根廷用来运载牛群的车厢差不多，不同的是奶牛粪便的味道比起人类的粪便要好些。印第安土著对羞耻和卫生的概念有点类似动物，也就是说他们会随便在路边大小便，全然不管自己的性别和年龄。妇女用她们的裙子来擦身子，男人则完全不擦，完事后就一走了之。有孩子的印第安妇女的衬裙几乎成了装粪便的仓库，每次她们的小淘气放个屁，她们都会用衬裙给他们擦屁股。当然，那些坐在舒适的火车车厢里的游客，也只能在我们的火车停下来给他们的火车让路时，在飞速行驶中的匆匆一瞥中了解一点印第安人的生活状况。美国考古学家宾厄姆发现了这个遗址，并用大众喜闻乐见的文字向公众作了详细的介绍，正因为如此，马丘比丘目前才能在美国闻名遐迩。对于来秘鲁旅游的大部分北美人而言，马丘比丘都是他们的必游之地。（一般情况下，他们坐飞机直达利马，游览库斯科，参观遗址，然后直接回家。他们认为，除此之外便没有什么看头了。）

库斯科的考古博物馆很是可怜。当地方当局把目光投向正被走私到各地的堆积如山的珍宝时，已经太晚了。淘宝者、游客、外国考古学家及任何一个对这个遗址感兴趣的人，早就把这个地区洗劫一空了，博物馆能收集到的只是一些断壁残垣:大多是些碎片。即使是这样，对于像我们这些没多少考古知识、对印加文明也是刚刚略有所知但还不甚了解的人来说，这些已经足够了，我们都看了好几天呢。馆长是个梅斯蒂索人，博闻广识，且对自己的民族怀着满腔热情。他向我们提及了印加过去的辉煌和现在的衰败，也提到了印第安人要复兴当务之急是教育。他坚信，要减轻古柯叶和酗酒对人们的麻痹作用，唯一出路是迅速提高印第安家庭的经济水平。他说要让人们更全面、更准确地了解克丘亚民族，这样克丘亚族人才能回顾过去的辉煌并以此为豪，而不是只看到现在的衰落，并以作为印第安人或梅斯蒂索人而感到耻辱。那时候联合国正在热议古柯叶问题，我们告诉他自己尝试这种毒品的经历及其效果。他说他也有同样的经历，接着还大骂那些靠毒害千千万万人来牟利的人。科利亚族和克丘亚族是秘鲁的两个大族，也是消费古柯叶的仅有的两个民族。馆长眼里闪烁着激情和对未来的信念，他的这种半土著特色不仅仅是博物馆的另一珍宝，也是一个活生生的博物馆，是一个民族还在为自己的归属奋斗的见证。

huambo

万博省

在库斯科，我们能找的人都找了，投靠无门后，遵照加德尔[1]的建议，我们开始往北走，并不得不在阿班凯停下来，因为卡车要从那里到万卡拉马去，万卡拉马是万博省麻风村的前一个镇。此前我们以喜欢的方式乞求食宿（找国民卫队和医院），这样不需要花钱，交通方面也是一样——搭车，不过最近我们得多等两天，因为复活节期间这里没有卡车出发。我们漫无目的地在这小村庄里闲逛，没发现比较有趣的地方，所以一直无法忘记肚中的饥饿感，医院的食物真的很短缺。我们躺在小溪边的田野上，看着天上云卷云舒，回想着过去的恋情或是想象着一朵朵云彩就是一道道诱人的食物。

我们打算回到警察局睡一会儿，但走了条捷径之后完全迷路了。我们越过田野，穿过篱笆，正打算到前面房子的门廊处休息。当我们刚爬上一道石墙的时候，就看到一只狗和它的主人，在皎洁月光的照耀下，他们看起来就像幽灵一般。但当时我们没有意识到我们的影子在夜色的映衬下，也许要比他们可怕得多。我礼貌地跟他们说了声“晚上好”，但我们得到的回应只是听不懂的嘟囔声，我只听到一个单词“维拉科查”[2]——接着那个男人和那只狗就逃进屋子里去了，无视我们的道歉和友好的招呼。我们穿过前门走上了一条小径，看来这条路是正确的，然后就平静地离开了。

无聊的时候，我们有一次跑去教堂观看当地的仪式。可怜的牧师努力地做着长达三个小时的布道，但其实只讲了一个半小时，他所记的箴言已经说完了。他扫视一

---

[1] Carlos Gardel，阿根廷著名演员、探戈歌手和作曲家。——原注
[2] 印加创世神。印第安人有时也用这个词来称呼白人。——原注

下人群，带着恳求的眼神，用手拼命地指着教堂的各个角落，大声说："看，快看，主向我们走来了，他正在我们中间，他的灵魂引领着我们。"停了一会儿之后，牧师换了话题又开始布道，等到他又快词穷的时候，他又开始重复刚才的胡言乱语。这样重复了五六次，当他再次提到耐心无比的主时，我们已经被弄得歇斯底里了，只好落荒而逃。

我也说不清到底是什么引起哮喘的（虽然我知道某个虔诚的信徒肯定知道），当我们到万卡拉马的时候，我几乎站不稳了。没有肾上腺素，我的哮喘更严重了。裹着行军毯，看着窗外的细雨，我一根接一根地吸着黑烟，这样多少能缓解点疲劳。黎明时分我靠在大厅的柱子上睡着了。早晨起来的时候感觉好些了，阿尔维托又给我找来了一些肾上腺素，再加上阿司匹林的作用，我一下子就恢复如初了。

我们向地方副长官（相当于村长）报告了我们的到来，并向他要了几匹马，以便到麻风病人隔离区去。这个友善的人很高兴地接待了我们，并向我们承诺五分钟之后就会有准备好的马匹在警察局等我们。在等马的时候，我们就停下来看一群形形色色的小伙子军训，一个士兵正飞扬跋扈地给他们发号施令，那个士兵前一天还对我们很好呢。看到我们到来，士兵很恭敬地跟我们打了个招呼，就继续给他管的那群小丑发号施令。在秘鲁，只有五分之一的适龄青年真正入伍服兵役，剩下的都要在每个星期天接受军训，他们也就成了我们刚刚目睹的那个士兵的牺牲品。但事实上，这些新兵和那个教官都是受害者，新兵要受他们教官的气，而教官本身要忍受学生的懒散。那些学生听不懂他的西班牙语，也就不明白这样做或那样做有什么意义，更不明白教官为什么要前进然后又要突发奇想停下来，他们做什么都是心不甘情不愿的。他们这个样子，谁能不被气死呢？

我们要的马到了，那个士兵配了个导游给我们，那个导游只说克丘亚语。那路线刚开始是崎岖的小径，换了别的马是绝对不可能走得过去的。在经过特别难走的路段时，导游会下马拉着马缰，帮我们牵行。我们走了大概三分之二距离的时候，碰到了一个老妇人和一个小男孩。他们拉住我们的马缰，接着说了一大通话，我只听懂一个好像是“马”的单词。一开始我们以为他们是卖竹篮的，因为那老妇人手里拿着好几个竹篮。我一直跟她说“我不想买，我不想买”，要不是阿尔维托提醒我对方是克丘亚人而非人猿泰山或野人的亲戚，我很可能会徒劳地、一个劲地和他们纠缠下去。最后，从对面走来了一个人，他碰巧会说西班牙语。他跟我们解释说这些印第安人是马的主人，他们骑马经过副总督门前时，马被副总督牵走并送给了我们。我骑的马的主人是个应征入伍者，为了服兵役，他已经足足走了约二十一英里路，而那个可怜的老妇人住的地方与我们要去的地方恰恰相反。我们做了每一个正派人都会做的事，下了马然后徒步上路，那个导游帮我们背了所有的行李。就这样我们徒步走到了麻风病人隔离区，然后付给那个导游一索尔作为报酬。虽然只是一点小钱，但他很感谢我们。

诊所所长蒙特霍先生接待了我们，虽然没法留我们住一宿，但他说他会送我们到当地地主家去住，他确实没有食言。那位农场主给了我们所需的床和食物。第二天早上，我们就去看望住在小诊所里的病人。医院管事的工作量很大，尽管别人看不出来。那里的整体状况很糟，三分之二的地区，其实也不到半个街区大，被划为“病人区”，里面住着三十一个已经被判了死刑的重症患者。他们看着时光一点一点地流逝，冷漠地等待着死亡的到来（至少我是这么认为的）。这里的卫生条件令人瞠目结舌，虽然这并不会给来自山里的印第安人带来什么不好的影响，却让来自其他地方的人很压抑，虽然他们的受教育程度只是略高于那些印第安人。一想到一辈子都要住在这四面都是土坯墙的地方，周围的人讲的都是另一种语言，而且每天只有四个卫生员会来瞅上一眼，这着实会让他们紧张到精神崩溃。

我们进入了一间稻草屋顶的房子，天花板是用藤条编成的，地是泥土的。屋里有一个白人女孩，正在读克罗斯的《巴西略表兄》。我们才一聊天，那个女孩就声泪俱下地跟我们描述她受苦受难的生活，她说她的生活就像是人间地狱。那个女孩从亚马孙河流域来到库斯科治病，而库斯科的医生也无能为力，他们跟她说会把她送到条件更好的地方去医治。库斯科的医院绝对是不完美的，但还说得上比较舒服。我想那个女孩用“受苦受难”这个词来形容她的境况是合情合理的。这个医院唯一过得去的是药物治疗，其他的也只有那些来自山里的秘鲁印第安人可以忍受得了，他们习惯吃苦、听天由命。

附近当地人的愚钝只会让病人和医护人员隔离得更远。有个人告诉我们，诊所的外科主治医生曾打算给病人做一个不大也不小的手术，但要在餐桌上做这个手术，又缺乏合适的外科手术设备，几乎是不可能做的。所以他向安达韦拉斯附近的一个医院申请一个动手术的地方，即使是个停尸房也好，但他的申请没通过，病人也就不治身亡了。蒙特霍先生告诉我们，这个麻风病治疗中心建立的时候，在著名麻风病专家佩谢医生的倡议下，他从中心创建之初就开始负责组织全新的服务。当他来到万卡拉马的时候，没有一家旅馆让他投宿，他在镇上的一两个朋友也不愿接纳他。当时正下着滂沱大雨，他不得不跑到一个猪圈里避雨，就这样过了一晚上。我之前提到的那个病人也不得不走到麻风病院去，因为没有人愿意借马给她和她的同伴。而那时，麻风病院已经落成很多年了。

医护人员热情地欢迎了我们，然后带我们去看离旧医院有几公里远的新医院。当他们征求我们的意见时，他们的眼神里充满了自豪，好像这栋建筑物是他们用汗水一砖一土砌起来的。我们都不忍心说这医院有什么不好。但是这个新的麻风病院还是和旧的一样有很多弊端：没有实验室，也没有外科手术设备，更糟的是它建在一个蚊子猖獗的地方，任何一个要在那里待上一天的人都会受尽折磨。是的，它可以容纳二百五十位病人，也有一位常驻医生，卫生方面也有所改善，但还有很多需要完善。

在那里待了两天后，我的哮喘更加严重了，我们决定离开，看能不能在别的地方得到更好的治疗。

骑着给我们提供住宿的农场主送给我们的马，我们在之前那个寡言少语的讲克丘亚语的导游陪同下启程回去。在那个地主的坚持下，导游还是帮我们背行李。在那个地区的富人看来，让徒步的仆人背所有的行李，受所有的苦是再自然不过的事。我们等到过了第一个弯道，等我们完全从人们的视线中消失之后，就向导游要回了行李。导游的表情神秘莫测，看不出他对我们的举动是否喜欢。

回到万卡拉马后，我们又和国民卫队待在一起，直到第二天找到一辆卡车可以带我们北上，我们早就下定决心往北走了。颠簸了一整天后，我们终于到了安达韦拉斯镇，一到那里我就直奔医院去看病。

ever northward

一路北上

我在医院休息了两天，哮喘好了很多。我们就离开医院，再次接受我们的好朋友国民卫队的救济，他们像往常一样热情地欢迎了我们。我们实在没钱，所以不怎么敢吃东西。而在到利马之前我们又不想工作，因为只有在利马我们才有希望找到待遇好一点的工作，也才能存够钱继续旅行。那个时候我们还没有想过要回来。

第一天，我们舒舒服服地等了一个晚上，因为掌管卫队站的中尉天生乐于助人，所以他请我们吃了一顿。我们吃得非常饱，足够撑一段时间了。然而，接下来的两天陪伴我们的就是无聊和饥饿。我们又不能去远离检查站的地方，因为卡车司机在启程或继续旅程的时候，都不可避免地要到那里去接受证件检查。

第三天快结束的时候，也就是我们在安达韦拉斯的第五天，我们终于等来了一辆到阿亚库乔的卡车。这车出现得及时，因为就在不久前阿尔维托由于看不惯几个国民卫队队员羞辱一个给坐牢的丈夫送饭的印第安妇女，反应有些过激。那边的人不把印第安人当人看，他们觉得印第安人就是应该这样生活，所以阿尔维托的这种反应肯定会让他们觉得不可理喻。这件事之后，我们就成了不受欢迎的人。

夜幕降临的时候，我们离开了这个我们迫不得已过了几天监狱生活的村庄。安达韦拉斯北部的出口迎面是群山，所以卡车得越过山峰，那时天气也越来越冷了。为了越过山顶，我们被当地猛烈的暴风骤雨弄得全身湿漉漉的，又没什么可以防雨的。当时我们正坐在一辆开往利马的卡车中，车上有十头小牛，司机让我们帮忙照看这些小牛。车上还有一个印第安小男孩，他也是司机的助手。我们在一个叫钦切罗斯的小镇住了一夜。天气冷得我们都忘了自己是一贫如洗的流浪汉，我们很简单地吃了一餐并要了一张床，两个人合睡。不消说，我们的请求博得了很多眼泪和同情，也稍稍感动了店主，所有的食宿合在一起他只收了五索尔。第二天，我们花了整整一天穿越峡谷到潘帕斯大草原去，那是穿越秘鲁全境的山脉顶部的一片高原。秘鲁地形崎岖，除了亚马孙河流域的森林地带，几乎没有平原。随着时间流逝，我们的旅程变得越来越艰难，牛站的地方本来铺了一层锯末，那些锯末一点一点地掉了，牛一直站在同一个地方，卡车又一直颠簸，牛累得开始撑不住了。我们得让它们站起来，要不然它们要是被其他牲口踩到就死定了。

有一刻阿尔维托认为一头牛的角擦伤了另一头牛的眼睛，就好心提醒站在边上的那个小印第安人要注意一点。没想到那个印第安小男孩耸了耸肩，满怀民族激情地说："管它呢，反正它眼睛里看到的都是屎！"接着，他静静地把缰绳打了个结。其实在阿尔维托打断他之前，一路上他都在没完没了地打缰绳。

我们终于到了阿亚库乔，由于玻利瓦尔赢得了发生在这个小镇周围平原上的那场决定性战役，所以阿亚库乔在拉丁美洲历史上很有名。整个秘鲁山区的街道照明状况都很差，那里更是差到了极点。电灯一整晚都闪着极微弱的橘红色灯光。一个以交外国朋友为乐趣的绅士邀请我们到他家去睡，第二天还给我们找来了一辆北上的卡车，所以我们只参观了那座小城镇市区三十三座教堂中的一两座。向我们的好朋友告别后，我们开始上路往利马去。

through the center of peru

穿越秘鲁中心

我们继续像之前那样旅行着，只要遇到慷慨的人同情我们的艰辛，就时不时地混顿饭吃。我们还是那样饥一顿，饱一顿，所以那天晚上当我们被告知前面山体滑坡过不去的时候，饥饿感更强烈了。我们不得不在一个叫安科的村庄住了一夜。第二天一早，我们坐上卡车又上路了，才开了一会儿，我们就到了滑坡的地方，我们只好在那里待了一天，又饥饿又好奇，看着那些工人往掉在路中间的那块大石头上安放炸药。每个工人旁边有不少于五个唠唠叨叨的监督人员在颐指气使，阻碍了炸石头的工作。这些人怎么看都不配做监工。

我们跳到穿过溪谷的湍急的河里游泳，试图减少我们的饥饿感，但水太冷了，我们待不久就上来了，之前我说过我们两个都不怎么耐寒。最后，我们又讲了一遍我们惯用的那个悲惨故事，才有个人给了我们一些玉米，而另一个人给了我们一颗牛心和一些内脏。

一个妇女把她的锅借给我们，我们就开始张罗我们的晚餐，可煮到一半的时候路炸开了，停滞的车队也开始移动了。那个妇女拿回她的锅，我们不得不吃半生不熟的玉米，带走生肉。更不幸的是，天越来越黑，而一场可怕的暴风雨把整条路变成了一条危险的泥河。一次只能通过一辆卡车，所以离滑坡较远那端的车先过，接着我们这边的车再过去。我们的卡车在队列的前列，但第一辆卡车在过窄道的时候由于牵引机发动过猛，分速器坏了，所以我们又全困住了。最后，一辆前面带托辊的吉普车从山的另一端开过来，把卡车拖到路边，让其他的车开过去。我们的车连夜赶路，跟往常一样，我们穿过了多少有点遮蔽的峡谷，来到了秘鲁冰冷的潘帕斯草原，在那里，我们被冰和狂暴的雨点刺得发痛。由于一直坐在同一个位置，我和阿尔维托冷得牙齿直打哆嗦，我们就来回伸腿，免得腿冻得抽筋。我们的饥饿就像是一只奇怪的动物，它不会乖乖地待在我们身体的某个角落，而是绕着整个身体乱窜，这让我们变得紧张而暴躁。

破晓时分，我们到了万卡略，下了卡车之后我们又走了十五个街区才到我们常去的落脚点——国民卫队站。我们买了一些面包，泡了一些马黛茶，正要拿出那个棒极了的生牛心和内脏来煮，但火还没拨旺的时候就有一辆到奥克萨潘帕的卡车要载我们一程。我们对那里很感兴趣，是因为我们一个阿根廷朋友的母亲住在那里，至少我们是那样认为的。我们憧憬着她能让我们好好地吃几天，或许还能给我们几个钱。被强烈的饥饿感驱使着，我们也顾不得逛逛万卡略就匆匆离开了。

刚开始路很平坦，我们穿过了几个城镇，到傍晚六点的时候，路上出现了一个陡峭的下坡，而且路特别狭窄，一次只能一辆车通过。一般情况下，不管在哪一天，只有一个方向的车允许通过，但不知什么原因，这一天却是个例外，那些卡车司机商议着怎么过去，喋喋不休地吵嚷着，紧紧地抓着方向盘，后轮沿着陡峭的山坡边缘缓慢地移动——这场面真够不让人安心的。

阿尔维托和我各蹲在卡车的一个角落里，做好了只要感觉到要发生事故就随时跳车的准备，但我们的印第安同伴却一动也没动。然而，我们的恐惧也算事出有因，在这临海多山地区发生事故的大多是走这条路线的不幸司机。每一辆翻下的卡车都满载着活人，一直翻到有二百米深的深渊里，掉进湍急的河流，一点生还的机会都没有。据当地人描述，每一场车祸每个人都会死掉，无一幸免。

很幸运的是这一次没有什么不开心的事发生，晚上十点左右，我们到了一个叫拉梅尔塞德的村庄，它坐落在地势低洼的热带地区，有着明显的丛林村落景观。又有一个好心人让出了一张床给我们，还请我们吃了顿大餐。这顿大餐是后来加的，那个人来看我们是否住得习惯的时候，我们没来得及把橘子皮藏起来，这些橘子是我们从树上摘来充饥的。

在那个城镇的国民卫队站，我们很遗憾地得知，卡车并不需要在那里登记，所以我们很难搭到车。然而在那里我们目睹有人来举报一场谋杀案，举报者是死者的儿子和一个自称死者密友的夸夸其谈的黑白混血儿。他们说死者是几天前被神秘谋杀的，主要嫌疑犯是一个印第安人，他们还带来了嫌疑犯的照片。中士把嫌疑犯的照片给我们看，说："医生，看，这就是典型的谋杀犯长相。"我们附和着点了点头，但在离开国民卫队的时候，我问阿尔维托谁才是真正的谋杀犯，他的想法和我一样，我们都认为那个黑白混血儿比那个印第安人的嫌疑更大。

在等车的漫长过程中，我们交了个朋友，他说他可以为我们搞定车的事情，不花我们一分钱。果然像他说的那样，他和一位卡车司机说了几句，那司机同意载我们一程。但是，结果我们的朋友只能让司机少收我们每人五索尔，要不然司机一人是收二十索尔的。我们恳求司机说我们已身无分文，事实上我们也只有几分钱而已。最后他答应让我们先欠着，到了之后还带我们回他家住了一个晚上。

路很狭窄，但是路况比先前好多了，而且很美，在森林、热带香蕉园、木瓜园和其他水果园里面绕来绕去。一路上不断上坡下坡才来到了奥克萨潘帕，那是我们的目的地，海拔大约一千米，在公路的尽头。

直到那个时候，我们一直和那个来报案的黑人坐在同一辆卡车里。在中途一个休息点，那个黑人买了一些东西给我们吃，还向我们讲了咖啡、木瓜和黑奴的事，他说他的祖父曾是黑奴。他说得很坦率，但你还是能听出他的声音里有一丝耻辱。不管怎样，我和阿尔维托决定不再怀疑是他杀了他的朋友。

shattered hopes

破碎的希望

第二天早上，我们很生气地发现那个阿根廷朋友给我们的消息是错误的，他妈妈早就不在奥克萨潘帕住了，住在那里的是他的姐夫，所以他姐夫只好勉强接待我们两个大累赘。尽管我们是不速之客，但是，他还是很隆重地接待了我们，让我们吃了顿大餐，但我们很快就意识到这只是秘鲁人的待客之道。考虑到我们已身无分文，又饿了好几天，我们决定不管那么多了，除非他明确下达逐客令，因为我们只能在这个不是很欢迎我们的朋友家里多吃几天。

这一天我们过得很充实：在河里游泳，让一天的担忧都随水漂走；还吃了很多好东西，喝了很美味的咖啡。只是天下没有不散的宴席，第二天夜幕降临的时候，这些美好的东西也要随之消失了。那个工程师（我们的主人是个“工程师”）终于给我们找了一个顺水人情，也给自己找了一个台阶下。这个方法不但有效而且便宜：有个道路巡查员同意一路带我们到利马去。这对我们来说是件好事，我们早就对利马感兴趣，一直想要到秘鲁的首都去碰碰运气。所以，我们不管三七二十一，立马就答应了下来。

那天晚上，我们就睡在一辆敞篷小卡车的后车厢里，后来一场倾盆大雨把我们泼得全身湿漉漉的，凌晨两点的时候，司机又把我们丢在圣拉蒙，那里离利马还有一半多的路。司机说让我们等会儿，他要去换车，为了不让我们起疑心，他还让同伴留下陪我们。可十分钟之后，那个留下来的也跑去买烟了。凌晨五点的时候，我们这两位自以为聪明的阿根廷人一边吃早饭，一边痛苦地意识到我们真的被抛下了，而且还被耍了整整一路。

我希望那个司机恶有恶报。如果他不是又在撒谎的话，我希望他哪天真要是转行当了斗牛士，一定会让牛角活活叉死！（当初我内心深处就觉得不太对劲，但他看起来是那么好的一个人，于是我们就相信了他所说的一切，包括去换车这个谎言。）

天快亮的时候，我们碰到了几个醉汉，再一次上演了我们惯用的伎俩。具体如下：

一、大声说话，说一些带有“切”字眼或是俚语之类的，总之要让人一眼看出你是阿根廷人。听的人就上钩了，就会立即问我们是从哪来的，我们就算搭讪成功。

二、开始谈及旅途的艰辛，但又不能讲得太多，眼睛要一直盯着远方看。

三、我突然停下来问今天几号了，接着就会有人回答，阿尔维托就叹气说：“真巧啊，正是一年前的今天。”上钩的人就会接着问一年前的今天怎么了，我们就会说一年前的今天我们开始旅行。

四、阿尔维托比我大胆得多，他会发出长长的叹息说：“很遗憾，我们现在处境很艰难，都没办法庆祝。”（他说这些话的时候声音很轻，好像是在对我说悄悄话似的。）那个人就会立即要替我们付钱，我们就假装推辞一会儿，说我们可能都没法还钱，最后我们还是接受他的邀请。

五、喝完第一杯后，我很坚决地拒绝再喝一杯，而阿尔维托向我做了个鬼脸。我们的主人开始有点生气，坚持让我们喝。我只是拒绝，也没给什么理由。那个人就一直问，直到我满脸尴尬地说，我们阿根廷的习俗是喝酒的时候要吃东西。我们吃多少就看主人的脸色了。总之，这个伎俩是屡试不爽啊。

在圣拉蒙我们又用了一次这个伎俩，像往常一样，我们又得到了很多吃的和喝的。早晨，我们在河岸边休息，这边环境很美，不过我们却没法集中注意力欣赏它的美，而是把它想象成了一道道佳肴。我们仿佛看到一个个熟透的橘子从篱笆里探出头来。我们的大餐是残忍伤感的，这一分钟我们觉得肚子饱了，还很酸，下一分钟强烈的饥饿感就又马上袭来。

实在太饿了，我们决定放下固执地萦绕着我们的那点小自尊，去当地的医院解决一下温饱。这一次阿尔维托变得胆小无比，我不得不找个合适的“外交辞令”，拿腔捏调地说：

“医生——”我们在医院里逮到了一个医生——“我是一个医科学生，我的同伴是个生化技师，我们来自阿根廷，我们现在很饿，想吃点东西。”面对如此直白的请求，那位可怜的医生一下子措手不及，也不知道如何是好，只得同意去食堂给我们买一顿饭。我们真是厚颜无耻啊！

阿尔维托羞愧得竟忘了谢谢他，吃完饭后我们边钓鱼边等车，最后终于等到了一辆，我们舒服地坐在司机的驾驶室里往利马去，司机还时不时地买咖啡给我们喝。

车爬行在极其狭窄的山路上，这让我们一路上都感觉怕怕的。司机兴奋地讲着路上每个交叉路口的故事，突然车撞到了路中央一个傻瓜都可以看得见的大坑。我们心想司机可能不太会开车，这么一来我们越来越恐惧。可是简单的逻辑告诉我们这是不可能的，像这样的路要不是很有经验的司机早就开到路边去了。凭着机智和耐心，阿尔维托从司机嘴里套出了实话。据司机说，他曾遭遇过一场车祸，那场车祸让他的视力变得很差，所以他才会撞到这么多坑。我们试着让他理解，这对他还有他的乘客有多么危险。但那司机却一点也不服气，他说这就是他的工作，他的老板给他很好的待遇，老板不管他是怎么到达的，只要他到了就行。另外，他的驾照是很贵的，为了拿到驾照他可贿赂了不少钱。

车又往下开了一段路后，车主也上来了。他似乎很乐意带我们到利马去，不过车经过警方检查站的时候我们得藏起来，因为像这样的货车是不允许载人的。车主其实是个大好人，在前往首都的路上没少给我们吃的。车经过矿城拉奥罗亚，我们很想下车看看，不过我们没法停下来。拉奥罗亚海拔大约四千米，从它坑坑洼洼的地形，你可以想象出矿工的艰苦生活。高高的烟囱排放着浓浓的黑烟，周围的一切都蒙上了一层煤灰，显得古老而忧郁，矿工们只要一走到街上也就一下子满脸煤灰，融合在这单调的灰色中，这跟山里灰色的天气倒是很般配。天还没黑的时候，我们经过了路的最高点，海拔四千八百五十三米的地方。虽然是白天，但是很冷。我裹着行军毯，凝视着车窗外的风景，嘴里喃喃念着各种诗句，不过都被卡车的嘈杂声盖下去了。

那天晚上，我们就在市外过夜，第二天早早就到了利马。

the city of the viceroys

总督之城

我们旅程中最重要的阶段之一已经接近尾声。虽然我们身上没有一分钱，在短期内也赚不到什么钱，但我们很开心。

利马是个漂亮的城市，鳞次栉比的新房子已经把昔日殖民时代深深掩埋起来（看过库斯科后更是觉得如此）。利马号称城市之“瑰宝”，似乎有些言过其实，但是，这里的郊区住宅区都有宽阔的街道，通往气候宜人的海边度假胜地。利马人沿着宽阔的街道，从市中心驱车到卡亚俄港只要几分钟。除了发生过许多战役的那座堡垒，这个港口没有什么特别吸引人的地方（其实所有的港口建筑几乎都是标准化的）。站在巨大的城墙边，我们惊叹于科克伦伯爵[1]的丰功伟绩，当时，他带领拉丁美洲船员攻占了这个堡垒，为拉丁美洲解放战争史写下了辉煌的一页。

利马真正值得一提的是环绕着大教堂的市中心。这里和庞然大物般的库斯科很不一样，库斯科的征服者总是毫无修饰地炫耀自己。利马的艺术显得更有格调，带着一种轻柔优雅的气质：大教堂的塔楼高而优雅，也许是西班牙殖民地的所有大教堂里造型最纤细的。在这里，库斯科奢华的木制品已经被抛弃而以金子代之。教堂中殿宽敞明亮，空气流通，完全不同于印加古城里那些黑暗阴森的洞窟。教堂中的油画色彩明快、喜庆，从画派风格来看应该晚于与世隔绝的梅斯蒂索派，因为该画派画的圣人总是黑暗阴沉、面露凶相。这个教堂的外观和圣坛传达出了一种

---

[1] Thomas Cochrane （1775—1860），英国海军上将，曾接受智利邀请，统率其舰队进行反对西班牙的独立战争，对智利和秘鲁的独立作出重大贡献。后在巴西反对葡萄牙的战争中转入巴西军队服役。

丘里格拉式的金色装饰艺术。[1]这巨大的财富使得贵族们有能力抵抗美洲的解放军，直到最后一刻。利马是秘鲁还未摆脱殖民地封建枷锁的一个典型，它仍在等待着一场真正的解放战争的血的洗礼。

但这座宏伟的城市还有个地方是我们最喜爱的，我们常常跑到那里去重温马丘比丘的记忆，那就是考古人类学博物馆。创建者唐胡利奥·特略是个正统的印第安学者。博物馆里有极珍贵的收藏品，它们反映了利马文化的全貌。

利马和科尔多瓦很不一样，但它们有着同样的殖民地或外省城市的风貌。我们拜访了领事馆，在那里拿了给我们的信，读完信后，我们就想着怎么处理那封给外事办公室的官僚的介绍信，那个官僚当然是不想认识我们的。我们走访了一个又一个的警察局，直到在一个警局我们拿到了一盘米饭。那天下午我们拜访了麻风病专家乌戈·佩谢医生。他虽然是一家赫赫有名的医疗机构的主管，但是他出乎意料地热情接待了我们。他帮我们在麻风病医院里安排了住宿，那晚还邀请我们去他家吃饭。他是个很健谈

[1] 西班牙巴洛克建筑，以精致的表面装饰为特色。——原注

的人，那晚我们谈到很晚才去睡。

我们睡到很晚才起床吃早餐。显然，没有人“嘱咐”任何人管我们的饭，所以，我们决定去卡亚俄港看港口。因为是五一节没有公交车，那十四公里的路我们只能步行，所以走得很慢。卡亚俄港也没什么好看的，甚至连艘阿根廷船都没有。这次我们比以前脸皮更厚了，跑到一所警局讨一些食物吃，然后急忙赶回利马。我们又在佩谢医生家吃饭，他跟我们讲了他对各种不同麻风病的经历。

早上我们去了考古人类学博物馆，展品精彩绝伦，但由于时间有限，我们不能什么都看。那天下午在莫利纳医生的带领下，我们好好地熟悉了麻风病院[1]。莫利纳医生也是一个很好的麻风病专家，还是个很优秀的胸外科医生。还和之前一样，我们又去佩谢医生家吃饭。

整个礼拜六早上我们都在市中心，忙着兑换五十瑞士克朗，忙乎了一阵，终于兑到了。下午我们参观了实验室，实验室没有多少令人羡慕的地方，倒是有很多地方有待改进。档案记录倒是很好，编排得很清楚、很全面、很细致，确实让人钦佩不已。晚上，我们还是去佩谢家

[1] 吉亚的医院。——原注

吃晚餐。佩谢医生跟以往一样，讲话还是那样妙趣横生。

礼拜天对我们来说是重要的一天。今天是我们生平第一次看斗牛，尽管这场斗牛赛只是见习斗牛士与三岁公牛的搏斗，牛和斗牛士都不够正规，但我们还是很兴奋。那天早上我在图书馆看特略的书，但由于太兴奋我一点都看不下去。我们到的时候斗牛赛已经在进行了，我们进去的时候，一个见习斗牛士正在杀牛，不过不是以正常的方法，而是coup de grâce[1]。结果那头牛就呻吟着瘫倒在地上了，斗牛士趁机一刀结果了它，下面一阵欢呼。当第三头牛很壮烈地勾起斗牛士并把他抛到空中的时候，下面也相当兴奋，但也就如此而已。当第六头牛悄无声息地死了之后，比赛也结束了。我没看到什么艺术，勇气倒是有一些，技巧也不多，兴奋一点点。总之，这取决于礼拜天有什么事可做。

星期一早上我们又去了博物馆。晚上去佩谢医生家的时候，遇到了一位精神病学教授巴伦萨医生。他也很健谈，和我们讲了一些战争趣闻和诸如以下内容的话题：

[1] 西班牙语为descabellar，用匕首切断牛的脊索。——原注

“前天我去本地电影院看坎廷弗拉斯[1]的电影。每个人都笑了，但我却根本没看懂。这也不是很奇怪，其他人也没看懂。那么，他们为什么笑呢？事实上，他们在笑他们自己，每个人都在笑他们自己。我们是一个年轻的国家，没有什么传统或文化，我们是刚刚被发现的国家。所以他们在嘲笑我们正处在婴儿期的国家无法治愈的枯萎病……但是现在，尽管有高楼大厦，有车，有财富，北美洲就真的成熟了吗？它把它的年幼甩在背后了吗？没有，它们只是形式上不同而已，本质上没有什么不一样。在这一点上整个美洲是一对姐妹。看着坎廷弗拉斯，我明白了泛美主义。”

礼拜二我们还是参观博物馆。下午三点我们去找佩谢医生，他给阿尔维托一套白色西装，给我一件白色夹克。每个人都说，我们这样看起来比较人模人样了。那天剩下的就没什么重要的事了。

几天过去了，我们也准备要走了，但具体什么时候走还不确定。两天前我们就想走了，但要带我们的卡车还不能走。我们旅行中的很多方面进展得很顺利。我们通过

---

[1] Cantinflas，墨西哥多产喜剧演员，人称墨西哥的查理 · 卓别林。
——原注

参观博物馆和图书馆来增长知识，但其实真正管用的是特略博士建的考古人类学博物馆。从学术的角度来看，也就是关于麻风病，我们遇到了佩谢医生，其他的都是他的门徒，要研究出有价值的成果还要走很长的路。因为在秘鲁没有生化技师，检验室是由专科医生来管理的，阿尔维托和他们聊过，并让他们和布宜诺斯艾利斯的人联系。他和其中的两个相处得很好，但第三个……阿尔维托自我介绍说是格拉纳多医生，麻风病专家，他们当他是内科医师。所以当阿尔维托问那个傻瓜的时候，他回答道："不，这边没有生化技师。就像法律禁止医生开药店一样，我们也不会让药剂师参与他不懂的事。"阿尔维托正要发飙，我轻轻推了他一下，他才没爆发。

利马给我们印象最深刻的事之一是医院病人向我们告别的方式，尽管是那么简朴。他们零零碎碎地凑齐了一百零半个索尔，然后和一封感情真挚的信一起交给我们。在此之后有些人还亲自来和我们道别，还不时地流泪感谢我们和他们生活了一些时日。我们和他们握手，接受他们的礼物，和他们坐在一起听广播里的足球赛实况。如果说真的有什么让我们自愿献身麻风病事业，那就是一路上我们遇到的所有病人对我们的真情。

利马作为一个城市，并没有继承它作为总督之城的传统，但它的近郊住宅区和新街道确实很漂亮，很宽敞。有趣的是哥伦比亚大使馆附近的警察数量，在整个街区内有不少于五十个制服和便衣警察在做着保卫工作。

出利马后的第一天很平常。在前往拉奥罗亚的途中，我们一路看风景。一整夜都在赶路，拂晓时分，我们到了塞罗-德帕斯科。和我们结伴旅行的还有贝塞拉兄弟，我们称他们为Cambalache[1]或简称坎巴。他们人也很好，尤其是那个大哥。我们一整天都在赶路。一路上海拔最高的是四千八百五十三米的蒂克利奥。过了那个地方之后，一路上我都觉得头痛和不适。当我们顺着下坡路来到气候怡人的地方，我的症状有了明显好转。当我们穿过瓦努科快到廷戈玛丽亚的时候，车的前左轴断了，但很幸运的是车轮卡在挡泥板里了，所以才没翻车。那晚我们不得不在原地露宿。我本来需要注射一针肾上腺素的，但运气不好，注射器坏了。

第二天也平平淡淡的，我的哮喘还不见好转，但那晚当阿尔维托用忧郁的声音提到今天五月二十日是我们离

[1] 西班牙语里“小古董或旧货摊”的意思。——原注

开六个月的纪念日时，我们开始时来运转了。这是我们想喝皮斯科酒的借口。喝到第三瓶的时候，阿尔维托摇摇晃晃地站了起来，他把一直抱在怀里的小猴子甩在了一边，然后自己跑了。坎巴弟弟又喝了半瓶，当场就烂醉如泥地瘫倒在地。

第二天一早，女主人还没醒来之前，我们就匆匆离开了，因为我们还没结账呢，而坎巴兄弟因为刚刚修补过轮轴也没剩什么钱了。我们一整天都在赶路，直到看到路障才停了下来。那个路障是军方设置的，目的是禁止人们雨天行车。

第二天我们又出发了，不过没多久再次被路障拦了下来。他们到了晚上才让我们通行，后来我们又困在了一个叫内斯奎利亚的小镇，那是当天的最后一站。

第二天路还封闭着，所以我们就跑到军营去讨些食物。那天下午我们带着一个伤员和我们一起离开了，那个伤员可以帮我们穿过层层路障。这个方法确实有效：我们没走几公里就看到很多卡车被拦住了，但我们的车辆却被放行了。天黑以后我们到了普卡尔帕。坎巴弟弟为我们付了饭钱，我们还喝了四瓶酒来道别，酒精让他伤感起来，他承诺说会永远爱着我们。后来他还为我们订了旅馆房间让我们睡。

我们当前的主要任务是到伊基托斯去，为此我们使出了浑身解数。我们的第一个目标是一位叫科恩的市长。我们早就听说过他的大名，听说他在钱方面很抠门，像个犹太人，不过是个好人。毋庸置疑他是很抠门，但是不是个好人还不得而知。他把我们打发给了船运代理人，代理人又把我们打发给了船长。船长很友善，答应让我们坐头等舱，但只收三等舱的钱。我们对这样的让步并不满意，就去找了营地指挥官，他说他爱莫能助。后来我们又去找了副指挥官，他质问了我们一番之后（这就暴露了他的愚蠢），答应帮我们。

那天下午我们去乌卡亚利河游泳，这条河看起来和巴拉那河上游很像。我们遇到了副指挥官，他说给我们捡了一个大便宜，因为船长卖了个很大的人情给他，答应只收我们三等舱的钱，让我们坐头等舱。真是太“合算”了！

我们游的那条河里有一种很罕见的鱼，当地人叫它“布费奥”。据传说它们吃男人，强奸女人，犯下许许多多的暴行。很显然它们是一种江豚。它们有很多奇怪的特征，其中之一就是生殖器跟女人的很像，所以印第安男人就用它来自慰，不过完事之后他们得杀掉江豚，因为江豚的生殖器受到刺激后收缩得很紧，一不小心男人的那玩意儿都拔不出来了。那天晚上我们又执行了艰巨的任务，就是去见医院的同事跟他们要房间住。果然，他们对我们很冷淡，要不是我们的沉着打动了他们，他们可能会赶我们走，最后他们给了我们两张床，我们筋疲力尽的骨头才得以休息一下。

down the ucayali

顺乌卡亚利河而下

背上背包，我们看上去简直就是探险家。我们登上拉塞内帕号小船后不久船就开了。跟之前说好的一样，船长让我们坐上了头等舱，很快我们就和里面所有享有特权的旅客混在了一起。鸣了几声笛后，船驶离了岸边，我们开始了往圣巴勃罗的第二段旅程。当普卡尔帕的房子完全消失在我们的视线之外、只留下大片大片的原始丛林时，人们渐渐离开船的栏杆而聚集在赌桌旁。我们小心翼翼地走过去看，但阿尔维托突然心血来潮就去赌了一把，在一个称作“二十一点”的纸牌游戏中赢了九十索尔，那个纸牌游戏很像我们的“七点半”游戏。这次赢钱招来了其他赌徒的憎恶，因为阿尔维托一开始只下了一索尔的注。

第一天我们没什么机会和其他乘客友好地交谈，我们也有点拘谨，没有参与到他们的客套闲聊中。船餐很差，量也很少。因为河比较浅，船夜里没有行驶。夜里也没什么蚊子，虽然他们说这个很正常，我们也不大相信，因为现在我们已经习惯了人们在解决困难时喜欢夸大其词。

第二天一早我们就出发了，那一天除了认识一个女孩之外没有其他事，那女孩看起来似乎很随便，可能她认为我们有几个钱，尽管我们一提到钱的时候就会硬挤出几滴眼泪。傍晚的时候，船停靠在河岸边，这时一大群蚊子嗡嗡地涌了过来，好像要证明它们的确存在似的，一整个晚上成群结队轮番攻击我们。阿尔维托用蚊帐盖住脸，整个身子藏在睡袋里才睡了会儿。而我开始感觉到哮喘发作的征兆了，再加上蚊子的骚扰，我一夜没合眼，直到凌晨才睡着。那个晚上具体的情形我已经记不起来了，但我清楚地记得我的屁股在遭受蚊子的狂轰滥炸之后已经肿得不成形了。第二天一整天我都很困，在这个角落打会儿盹，在那个角落打会儿盹，还想躺在借来的吊床上眯会儿眼睛。由于哮喘没有缓解的迹象，我只好使出了没办法中的办法——花钱买哮喘药。这才稍微缓解了病痛。我们望着外面，思绪穿过河岸进入丛林，那诱人的翠绿看起来如此神秘，如在梦中。虽然哮喘和蚊子让我觉得有点压抑，但原始森林又让我们的精神自由驰骋，身体上的疾病和大自然所有初生的力量只能更激起我们的欲望。

那几天过得很是无聊。那里唯一的娱乐方式就是赌博，由于我们经济困难，我们也没法玩得尽兴。又平淡无奇地过了两天。这段旅程正常要走四天，但由于河水太浅，我们每个晚上都得停下来，这不仅拖慢了旅行，还让我们变成了蚊子的大餐。虽然头等舱的食物比较好，受蚊子的骚扰也比较少，但我不知道我们从这优惠的买卖中得到了什么。比起那些为数不多的中产阶级，我们更喜欢那些单纯的船员。那些中产阶级不管是否富有，都太沉浸于过去的回忆中，觉得和我们这两个身无分文的流浪者为伍简直无法忍受。他们和其他人一样蠢钝无知，他们人生中获得的小小胜利冲昏了他们的头脑，他们无聊的观点也正因为他们自视过高而带着一丝傲慢。虽然我每天严格控制饮食，但我的哮喘还是越来越严重。

那个随便的女孩很同情我可怜的身体状况，她不经意的一个抚摸勾起了我埋藏已久的旅行前的记忆。那个晚上，因为蚊子我一直没睡，我想起了齐齐娜，现在是个遥不可及、令人陶醉的梦，但这梦的结局留在我回忆中更多的是甜蜜，而不是苦涩，这对这种纯真的旧事不太寻常。我以一个知她懂她的老朋友的身份，给她送去了一个温柔的、不紧不慢的吻。接着我的思绪飞到了马拉格纽，那个灯火通明、夜夜笙歌的大厅，那个时候在那里她可能正在对着她的新追求者耳语着她那些奇怪的词句。

我的眼睛扫过浩瀚的苍穹，天上的星星在快乐地闪烁着，好像在回答我内心深处的问题："这一切值得吗？"回答是肯定的。

接下来的两天还是那样，没什么变化。乌卡亚利河和马拉尼翁河的汇合形成了世界上最强大的河流，但这也没什么过人之处，只不过是两条泥河汇合在一起，比较宽，也比较深，仅此而已。我的肾上腺素用完了，哮喘开始恶化，我只能吃一小把米饭，喝点马黛茶。快到达的最后一天我们碰上了大风暴，我们不得不停船。蚊子黑压压地扑过来，比以往都凶狠，好像在报复我们即将离去，它们再也不能咬我们似的。那个晚上感觉特别漫长，到处充斥着疯狂的击掌声、愤怒的尖叫声、像吸毒一样无休止的各种纸牌游戏和为了维持对话和消磨时间而发出的闲聊。早晨，大家忙着准备下船，还有一张吊床空着，我就在那里躺下了。好像着魔似的，我感觉好像有一股漩涡在我内心慢慢展开，带着我到新的巅峰或是深渊，到底是升天还是下地，我也不得而知……阿尔维托用力摇醒我说："Pelao[1]，我们到了。"河流变宽了，呈现在我们面前的是一个低平的城镇，上面有一些高高的建筑物，房子四周都是丛林，被地上的泥土映衬得红红的。

我们到伊基托斯那天是星期天。我们早早地停靠在码头，然后直接去找国际合作服务中心的主管。我们有一封介绍信要给查韦斯·帕斯托医生，但他当时不在伊基托斯。他们对我们很好，把我们安排在黄热病病房里，还让我们在医院里吃饭。我的哮喘还是很严重，一天注射四针肾上腺素还不能停止痛苦的气喘。

第二天我的病情没有好转，就一整天躺在床上，确切地说是在"靠肾上腺素度日"。

---

[1] 俚语，老家伙。——原注

接下来的一天，我下定决心早上严格控制饮食，晚上也稍微控制一下，不吃米饭，这才稍微好了一点点。晚上我们看了英格丽·褒曼主演、罗塞利尼导演的《火山边缘之恋》，电影拍得很烂。

礼拜三对我们来说是很重要的一天，因为我们接到了第二天就可以走的通知。由于哮喘我不能动，整天只能赖在床上，所以这个消息让我们特别高兴。

第二天我们很早就做好了离开的心理准备。但一天过去了，我们还没出发，后来又通知我们说要第二天下午才能离开。

我们自信依照船主的惰性，他可能会很晚才开船，不可能提前，所以我们就睡得很死。散步了一会儿之后，我们就去了图书馆。刚去不久，助理就很焦急地跑来告诉我们埃尔西斯内号十一点半就要开船了。那时都已经十一点零五分了。我们迅速收拾了一下东西，因为我还在犯哮喘，我们就叫了辆出租车过去，八个街区就花掉了半个秘鲁金币。我们到船上才发现船要到三点才开，虽然要求我们一点就上船。我们不敢违背命令跑回医院吃饭，无论如何，我们也不便回去了，这样就可以顺便“忘”了他们借给我的那个注射器。我们和一个亚瓜族的印第安人吃了一顿又贵又难吃的东西。那个印第安人穿着很奇怪的红色草裙，戴着几条红草项链。他叫本哈明，但他几乎不会讲西班牙语。在他的左肩膀上有个枪疤，是近距离枪击造成的，他说是因为“vinganza”[1]落下的。

那个晚上到处都是蚊子，一个劲地叮咬我们肥嫩的血肉之躯。当我们得知我们可以从马瑙斯渡河到委内瑞拉，我们觉得这趟旅行又多了一层心理意义。第二天过得很平静，由于蚊子滋扰失掉的睡眠一下子补回了一大半。那晚一点左右，我刚睡着就被叫醒了，他们告诉我们已经到了圣巴勃罗，并建议我们去找地区医疗主管布雷希亚尼医生。他很欢迎我们，并为我们安排了一间房间。

[1] 西班牙语和葡萄牙语混合词，报仇。——原注

dear papi

亲爱的爸爸

伊基托斯

一九五二年六月四日

河岸两边都是住宅区。为了寻找原始部落，你必须沿着支流一直找到内陆地区，不过这次我们打算放弃这趟旅行。传染病已经消失了，但为了以防万一，我们还是打了伤寒症和黄热病的疫苗，而且准备了足够的阿的平和奎宁片。

这里有很多疾病是由于新陈代谢紊乱而引起的。丛林里可以吃的食物经常营养不够，而人只要一星期以上没补充维生素就会生大病。如果我们沿着河流走，我们就会有很长一段时间没有合适的食物吃。我们还不是很确定，现在正在看是否有可能坐飞机到波哥大，如果不行，到莱吉萨莫也可以，从那里开始路况就不错了。并不是因为我们认为走水路比较危险，而是因为这样我们可以省钱，稍后可能对我大有用处。

我们要离开那些随时都可能让我们感染病菌的医疗中心了。我们的旅行对于麻风病医院的医护人员来说已经变成了一件大事，他们对我们满怀敬佩，仿佛我们就是两位到访的研究员。我现在对麻风病真的很感兴趣，但我不知道这能持续多久。利马医院病人的真诚告别鼓励着我们继续前行。他们给了我们一个野炊炉，还凑了一百索尔送给我们。就他们的经济状况而言，这是多么大的一笔财富啊。和我们说“再见”的时候有些病人还掉泪了。他们感激我们从不穿工作服或戴手套，和他们握手时就像是和其他人握手一样，感激我们和他们坐在一起天南地北地聊天，感激我们和他们一起踢球。这些看起来也许只是逞强，但对这些可怜的人来说，把他们当成普通人看待，而不是像有些人那样把他们当动物看，这样的心灵礼物却是无价的，而我们被感染的概率却是极低的。到目前为止唯一被传染的医护人员是一个印度支那的卫生员，他和他的病人一起住，也许还有一个过度热情的修士，但我不能确定这一点。

the san pablo leper colony

圣巴勃罗麻风村

第二天是星期天，我们起来后准备去拜访麻风村。可到那里要走水路，而礼拜天不是工作日，所以我们走不了。因此我们就去拜访了麻风村主任阿尔维托修女，她看上去像个男人婆。接着我们又踢了场足球，这次我们两个都踢得很差。我的哮喘开始有些退了。

礼拜一我们把一大堆衣服送去洗，接着我们去了麻风村的病人区。有六百个病人各自住在有丛林特色的茅舍里，做着他们自己想做的事，照顾着自己。他们已经形成一个有着自己节奏、风格的组织。那里还有一个当地行政官员、一个法官、一个警察等。布雷希亚尼医生在当地有相当高的威望，他负责协调整个麻风村的事务，保护病人，解决不同群体间的纠纷。

礼拜二我们又去了麻风村，和布雷希亚尼一起去的，他去巡视麻风村，检查病人的神经系统。他正准备对麻风病人的神经系统做一个深入的研究，研究建立在四百个案例上。这个研究很有趣，因为这个地区的很多麻风病案例都会侵袭神经系统。事实上，我还没见过一个没有类似症状的麻风病人。布雷希亚尼告诉我们说，索萨·利马医生对这个麻风村的小孩表现出来的早期神经系统紊乱迹象很感兴趣。

我们去了那片专给正常人住的区域，那里住了大概七十个人，连应有的基本设施都没有，比如说电、冰箱和实验室。他们急需一个显微镜、一个显微镜用薄片切片机和一个技术人员，当时技术人员是由玛格丽塔嬷嬷来担任的，她人很好但不够博学。他们还需要一个外科医生来看神经系统、眼睛等毛病。有趣的是这里虽然存在普遍的神经问题，但很少有盲人，从这点或许我们可以得出这样的结论：（原文无法辨别）与此有关，因为大部分人根本不能得到治疗。

礼拜三我们继续巡视了一番麻风村，中间还钓鱼和游泳。晚上我和布雷希亚尼医生下棋聊天。牙医阿尔法罗人很好，随和友善。礼拜四是麻风村的休息日，所以我们就没像往常一样去探望病人。早上我们去钓鱼，但一无所获。下午我们踢足球，这次我守门的表现没那么糟糕。礼拜五我又去病人区，阿尔维托留下来做细菌检查，那位和蔼的修女玛格丽塔嬷嬷陪他。我抓到了两条称为“莫塔”的鲶鱼，一条送给了蒙托亚医生。

saint guevara's day

圣格瓦拉日

一九五二年六月十四日，星期六，还是个小伙子的我转眼已经二十四岁了。我已经进入了生命的银婚时代，站在人生四分之一的门槛上回顾过去，从总体上来讲，命运对我还不算太差。一早我就去了河边，看能不能钓点鱼，但钓鱼就像是赌博一样，一开始赢，最后还是输。下午我们踢足球，我还站在老位置上——守门，这回打得比前几次好多了。晚上，在布雷希亚尼医生家吃完一顿美味佳肴后，他们在麻风村的食堂为我们开了个派对，有很多秘鲁的国酒——皮斯科酒。阿尔维托很清楚这种酒对人们中枢神经系统的影响。喝到酒酣耳热、情绪高涨的时候，麻风村的负责人热情地给我们敬酒，我回敬了一下，还说了如下一大通话：

> 嗯，我觉得我应该以一种特别的方式回敬一下布雷希亚尼医生。我和我的同伴现在一无所有，我们只能向大家说声“谢谢”，聊表心意。我想代表我的旅伴，向麻风村的所有成员道声“谢谢”。你们和我们素不相识，却给了我们高尚的友情，庆祝我的生日就像庆祝你们自己的生日一样。除此之外，我还想说的是，这几天我们就要离开秘鲁，所以我也想用这些话作为道别。我想向这个国家所有人民再说声“谢谢”。自从我们经过塔克纳踏入秘鲁的那一刻起，我们几乎都要被你们的热情淹没。
>
> 我还想说些跟今晚的主题无关的内容。虽然我们身份低微，无法成为某项伟大事业的代言人。但是，经过这次旅程，我们坚信，分裂拉美国家完全是痴心妄想！分裂只能带给我们不稳定，带来虚幻。

从墨西哥一直到麦哲伦海峡，我们同根同源，同属梅斯蒂索族。所以，为了消除我狭隘的地方主义观念，我提议，为秘鲁、也为拉丁美洲国家联盟，干杯！

我的演讲博得了满堂喝彩。所谓派对，就是要喝得酩酊大醉。所以，我们一直喝到凌晨三点才散场。

礼拜天早上，我们拜访了亚瓜部落，就是那些穿着红草服饰的印第安人。我们沿着一条小路走了三十分钟的路，就到了一排住着一户人家的茅舍，这证明了丛林并不像谣传的那样密不透风。他们的生活方式很吸引人——他们用厚木板和小小的棕榈叶盖成密封的茅舍，晚上就藏在里面躲避蚊子成群结队的围攻。妇女们已经摒弃了传统的服饰，而穿着普通的衣服，所以你就欣赏不到她们胸前的那对乳房了。小孩子肚子肿胀，身子却骨瘦如柴。然而，一般来说，其他种族的成年人住在丛林中就会缺乏维生素，这里的大人却没有缺乏维生素的迹象。他们的饮食包括丝兰、香蕉、棕榈果，还有他们用步枪打来的猎物。他们的牙齿全烂掉了。他们说的是自己的方言，但有些人懂西班牙语。

下午我们踢足球，我虽然比以前打得好，但是他们还是趁我不备，偷偷踢进了一个球。那晚，阿尔维托因急性胃炎把我叫醒，后来确诊说是右回肠腔出了问题。我实在是太累了，也顾不得他的病痛，就建议他别想着疼痛，我翻了个身一直睡到第二天。

礼拜一是病人区分药的时间。阿尔维托由他亲爱的玛格丽塔嬷嬷悉心照顾着，每四个小时就要虔诚地注射一次青霉素。布雷希亚尼告诉我说，他在等一条运牲口的木筏到来，还说我们可以拿些木板做一个自己的木筏。这个主意鼓舞了我们，我们开始计划去马瑙斯。我的脚感染了，所以错过了那天下午的球赛。我和布雷希亚尼海阔天空地聊着，很晚才去睡。

礼拜二早上，阿尔维托完全康复了，我们去了病人区，蒙托亚医生正给一个麻风病人的尺骨神经系统开刀，手术大获成功，虽然技巧还有待提高。下午我们去附近的一个盐水湖钓鱼，当然什么也没钓到。回来的路上我执意要游过亚马孙河，这花了我快两个小时，蒙托亚很绝望，因为他压根没想到会等这么久。那天晚上有个欢快的小型派对，但最后却以几个人和莱萨马 · 贝尔特兰先生大打出手收场。莱萨马 · 贝尔特兰先生不成熟、内向，甚至有点变态，这个可怜的人喝醉了，因为没受到邀请他很生气，开始破口大骂，直到有人朝他的眼睛打了一拳，还打了他一顿。这个小插曲让我们觉得很扫兴，因为这个可怜人除了是个同性恋和特别无聊外，对我们很好，给了我们每人十索尔，结果我的总资产累计达到了四百七十九索尔，而阿尔维托也有了一百六十三个半索尔。

礼拜三早上就下雨了，所以我们没去病人区，一整天基本上浪费了。我读了点加西亚·洛尔卡[1]的作品，然后我们去看绑在码头的木筏。礼拜四早上，医护人员放假，我们和蒙托亚去河岸对面买点吃的。我们沿着亚马孙河的一条支流走，买了木瓜、丝兰、玉米、鱼、蔗糖，东西非常便宜。我们还钓了鱼，蒙托亚钓了一条普通的鱼，我钓了一条莫塔鱼。回来的时候，一阵强风掀起了层层波浪，波浪涌向小舟的时候，船长罗赫尔·阿尔瓦雷斯吓得屁滚尿流。我跟船长要船桨，但他不给我，我们就去河岸边等河面平静下来。直到下午三点我们才到家。我们把鱼煮了吃，但还不能消除我们的饥饿感。罗赫尔给我们每人一件衬衫，还给我一条裤子，所以我的精神状态

[1] García Lorca (1898—1936)，西班牙诗人、剧作家。

也好多了。

木筏差不多准备好了，就差桨了。那天晚上，麻风村的病人齐聚一堂，为我们唱送行曲。一个盲人唱了许多当地民歌。伴奏的有吹笛子的、弹吉他的，以及一个几乎没有手指的手风琴演奏者。另外还有一个“健全”人客串，他不时吹吹萨克斯，弹弹吉他，敲敲打击乐器。这以后便是演讲时刻。四个病人尽了他们最大的努力，虽然还是有点怯场。其中一个人还紧张得中途忘词，无法继续，直到后来出于绝望他才大喊：“为我们的两位医生欢呼三声！”随后，阿尔维托对他们的盛情表示由衷的感谢，他说秘鲁的风景再美也比不过此刻人的心灵美，他已被他们的真挚情感所触动，他已无法用言语表达，除非……讲到这里的时候，他伸开双臂，用庇隆式的手势和声调激动地说：“我要谢谢你们每一个人。”

病人们解开岸上的绳索，在悠扬的民歌声中，他们乘坐的这条木筏缓缓驶离了岸边。船上昏黄的灯火映在这些人身上，看起来就像幽灵一般。我们去布雷希亚尼医生家喝了几杯，聊了一会儿就去睡了。

礼拜五我们要离开了，所以一早就去和病人道别，拍了几张照片，就带着蒙托亚医生给我们的两个上好的菠萝回来了。我们洗了澡，吃完饭，下午三点左右就跟他们道别了。三点半的时候，我们命名为“曼波-探戈号”的木筏载着一行人出发了，船上有我们，还有送我们的布雷希亚尼医生、阿尔法罗和帮助我们造木筏的查韦斯。

他们带我们到河中间就离开了，让我们自己操纵。

debut for the little kontiki

小木筏之处女航

两三只蚊子已不能打扰我的睡意了，没几分钟，我的睡意战胜了蚊子。不过我的胜利也是空欢喜一场，阿尔维托的声音把我从美梦中惊醒了。我们可以看到河的左岸有昏暗的灯光，是一座小镇，从外表看，应该是莱蒂西亚。接下去我们面对的艰巨任务就是把船划向灯火处，划的时候我们遇到了大问题:船不往岸边走，而是固执地往河中央跑。我们尽力地划着船，刚感觉快划到道上的时候，船绕了半个圈，又回到了河流中央。看着岸边的灯火一点一点地消失在我们的视线外，我们也越来越绝望了。我们筋疲力尽，就安慰自己说至少我们能战胜蚊子，一觉睡到天亮，到时候再决定怎么做。我们的前途不容乐观。如果我们继续顺河直下，我们就得一直划到马瑙斯，据可靠消息称，到马瑙斯有十天的航程，很长的一段路。由于前天发生的一场事故，我们已经没有鱼钩了，生活必需品也不多了，又不能确定我们是否能如愿靠岸。更别提没有带相关证件就要进入巴西，还不会讲那里的语言……但这些并没有让我们焦虑太久，因为我们很快就沉沉睡去。第二天阳光把我照醒了，我爬出蚊帐来看看我们漂到哪里了。我们最不愿看到的事发生了，木筏停靠在河的右岸，静静地等在小码头上，这个小码头应该是属于附近那座房子的。因为到处都是蚊子而且个个蓄势待发，所以我决定等一下再观察周边情况。阿尔维托睡得很沉，所以我想我还是和他一样多睡会儿。一股病恹恹的困意和不安的疲惫顿时袭遍我的全身。我感觉我已经无法做任何决定了，头脑里只有一个想法，就是不管事情变得多么糟糕，我们都没有理由认为自己解决不了。

dear mama

亲爱的妈妈

哥伦比亚，波哥大

一九五二年七月六日

亲爱的妈妈：

写这封信的时候，我离委内瑞拉又近了几公里，囊中也愈加羞涩。首先，祝您生日快乐！您的生日对我来说很重要，我希望您的生日是在家人陪伴下、在欢声笑语中度过的。其次，我会向您扼要讲述我们离开伊基托斯后的遭遇。我们的行程大致按计划进行。在蚊子的忠实陪伴下，我们赶了两个晚上夜路，终于在拂晓抵达圣巴勃罗麻风村，美美地睡了一觉。这儿的医疗主管挺讨人喜欢，他很快就对我们产生了浓厚的兴趣，我们和整个麻风村的其他人也很合得来。只是修女们老质问我们为什么不到教堂里做弥撒。修女们掌管着麻风村，谁不做弥撒，就要被克扣粮食（我们的口粮全被扣光了，幸亏有好心的孩子们，他们每天都会给我们找来一些吃的）。除去这点小冷战，生活简直妙不可言。十四日那天，当地人为我举办了一个生日派对，派对上喝了很多皮斯科酒，这是一种能让你醉得舒舒服服的杜松子酒。麻风村主管向我们敬酒，乘着酒兴，我作了一场典型的泛美国家独立演讲，结果这些引人注目的喝得酒酣耳热的听众报以热烈的掌声。我们比计划多停留了一些时日，但后来还是去了哥伦比亚。临行前夕，麻风村的一群病人坐着大木筏来与我们道别。他们站在码头上，唱着送行曲；他们的言语也感人肺腑。自诩庇隆后人的阿尔维托发表了一番振奋人心的长篇大论，惹得好心的送行者捧腹大笑。这是旅途中最有趣的时刻之一。一个手风琴演奏者，尽管右手的手指已经全不在了，但还将短棍缠在手腕上演奏。演唱者是个盲人。由于当地麻风病侵入神经系统的情况盛行，这些人几乎都落下残疾。岸上灯火在河水中的倒影摇摇曳曳，就像恐怖电影中的场景一般。河的两岸有茂密的丛林，一英里之遥有当地的土著部落（当然我们也探访过他们），还有美味的河鱼、丛林里的猎物，以及尚待发掘的无尽财富，这条河着实美不胜收。我们还幻想沿着这条河穿过马托格罗索，从巴拉圭到达亚马孙河，一路行医……像是一个梦……也许有一天……我们会拥有自己的家庭……当地居民特意为我们造了条近乎奢华的木筏，乘着木筏顺流直下，我们觉得自己真成了探险者。第一天诸事顺利，只是当天晚上我们本该轮流守夜，可在他们赠送的一张蚊帐中，两人相继舒舒服服地入眠。第二天一早，我们醒来发现木筏搁浅在河岸上。

我们的胃口如鲨鱼般大。愉快的一天很快过去。到了晚上，两人决定轮流站岗，每人一个小时，以防不测。因为在黄昏时分，水流已经悄悄把我们推向岸边，木筏几乎被河水中半藏着的树枝掀翻。我在轮班中犯了错误。一只准备下锅的母鸡掉进了水里，消失在湍急的水流中。尽管我在圣巴勃罗的时候，曾经游泳横穿过这条河，但那晚却连跳进河里的勇气都没有了。原因是时有短吻鳄浮出水面虎视眈眈，而且我从没真正摆脱我的夜晚河水恐惧症。如果您在场，您一定会克服困难救回那只母鸡，安娜·玛丽亚在的话也会这么做，因为你们没有我这样不可理喻的夜晚恐惧症。

我们的鱼钩钓到了一条硕大无比的鱼，费了九牛二虎之力，我们才把它拖上木筏。天亮前我们一直轮流站岗。靠了岸，我们把木筏拴在岸边，爬进蚊帐以抵御那里特别恶毒的蚊子。一觉睡醒，阿尔维托发现夜里带饵的鱼钩少了两只。他最喜欢吃鱼，不喜欢吃鸡肉，丢了鱼钩，他的心情更糟了。附近有座小屋，我们决定去问一问莱蒂西亚还有多远。小屋的主人用标准的葡萄牙语回答我们说，莱蒂西亚在上游，逆流而上要七个小时，这里已经是巴西境内。于是阿尔维托和我吵得面红耳赤，争论究竟是谁在守夜的时候睡着了。我们把钓到的大鱼连同麻风村的病人赠送的一个重达四公斤的菠萝一起送给小屋的主人，并到他的小屋过夜。次日早晨，他带我们沿水路返回。回去的旅途很快，但由于一连划了至少七个小时木筏，而且这条木筏划起来并不顺手，所以我们累得够呛。到了莱蒂西亚的警察局，吃住虽然有了着落，但因为搞不到低于五折的机票，我们只好忍痛花费了一百三十哥伦比亚比索，另外因为行李超重，多付了十五哥伦比亚比索，两笔花费加起来折合一千五百阿根廷比索。这一天最幸运的事就是我们受邀去当一支足球队的教练。反正我们也要等飞机，因为飞机两个星期才飞一班。起初我们想，只要他们不在观众面前丢人现眼，我们就心满意足了，可他们实在是烂泥扶不上墙，最终我们决定亲自上阵。结果这支最弱的球队居然将各支球队的排名情况完全改写，并闯入当日的总决赛。最终我们只在罚点球时与冠军失之交臂。阿尔维托的带球过人技术无懈可击，颇有佩德内拉[1]的风范，所以得了个外号，叫佩德内里塔。我扑出了一个点球，自以为这个球可以载入莱蒂西亚的史册了。赛后的庆典原本很顺利，但在奏响哥伦比亚国歌时，我不巧弯腰去擦膝盖上的血迹。一位上校见了后，顿时恼羞成怒，冲我破口大骂。我差点忍不住回击，但想到我们的行程，以及其他事宜，我还是忍气吞声。飞往波哥大途中，飞机一路颠簸，我们好像身处鸡尾酒摇酒器中一般。阿尔维托与同行的乘客谈

[1] 阿根廷球员。——原注

天，和他们讲述一次死里逃生的经历。当时我们飞越大西洋，到巴黎去参加一场国际麻风病大会。不幸的是，途中飞机四个引擎里有三个发生了故障，再有一分钟耽搁，飞机就会一头栽进大海。最后，他总结道："老实说，道格拉斯公司的这些飞机……"他叙述得如此绘声绘色，连我听了都倒吸一口冷气。

我们觉得自己环游过世界两回。在波哥大的第一天过得很愉快，大学校园里能找到吃的，就是没地方过夜，因为宿舍已经住满了学生。这些学生获得联合国的奖学金来这里学习。当然，当中没有阿根廷学生。凌晨一点过后，我们终于在一家医院找到"睡处"，但所谓的"睡处"，也不过是医院里的一张凳子而已。我们不是穷到身无分文，只是凡与我们有一样经历和成就的探险者宁愿死，也不愿在旅馆里享受资产阶级的舒适。后来麻风病机构接待了我们，尽管第一天他们还满腹狐疑，因为我们从秘鲁带来的介绍信尽管洋溢着赞美之辞，却是由佩谢医生署名的，他在球队里的位置就跟卢斯多[1]一样。阿尔维托随意地将各式各样的证书摆在他们眼皮底下。他们还没来

[1] 阿根廷球员。——原注

得及喘息，我就告诉他们我还会治疗过敏症，他们应接不暇，不知所措。您猜结果如何？我们都获得了工作邀请。我没有兴趣接受，而阿尔维托似乎在作考虑了，理由是显而易见的。在大街上，我用罗伯托的匕首在路面上刻字，结果招来警察粗暴干涉，我们和警察争吵起来。结果阿尔维托非但不愿逗留，反而和我达成一致，决定尽快到委内瑞拉去。所以您收到这封信的时候，我们正准备出发。如果您想碰碰运气写信给我，就寄到哥伦比亚北桑坦德的库库塔，或是寄快件到波哥大这里。明天我将离开这里去看看百万富翁队对皇家马德里队的足球赛。我们买的是最便宜的看台票，要知道，我们的同胞可比部长还难打交道。哥伦比亚对公民自由的蛮横干涉，不亚于我们到过的任何一个国家。警察持枪在街上巡逻，没几分钟就要求检查证件，有些证件在手里拿颠倒了，他们还是装腔作势地看。这个国家局势紧张，似乎正在酝酿一场革命。乡村地区农民公然闹事，政府军队却无力平定。保守派内部缺乏共识，争论不休，互相倾轧。一九四八年四月九日[1]的血色事件还深深印在每个人的脑海里。总的来说，这里的氛围

[1] 自由党激进派政治家豪尔赫·埃列塞尔·盖坦遇刺之日。——原注

令人窒息。如果哥伦比亚人甘心安于天命，那我祝他们好运，但我们再也等不及要走了。显然阿尔维托很可能会在加拉加斯谋得差使。

我多希望有人能写信告诉我您的近况，哪怕只是寥寥几笔。您不必再去追问贝阿特丽丝或是通过其他中间途径打听我的消息（我没有给她回信，因为我们要把寄出的信件数控制在每座城市一封，这也是为什么给阿尔弗雷迪托·加韦拉的明信片也装在这封信里）。

寄上一个温暖的拥抱，您儿子从头到脚都想念着您。希望咱家老爷子能亲自到委内瑞拉去，那儿的消费水平不低，但工资也高得多，应该很适合像他那样的吝啬鬼（哈哈）。还有，不知道他在这里住久了还会不会一心向着山姆大叔。不过我们不要得意忘形，爸爸会读出话外音的。再见!

on the road to caracas

加拉加斯路漫漫

在毫无必要的问询之后，海关人员又对我们的护照白花了一番工夫，接着用审讯的目光上下打量我们（那种连蛛丝马迹都不放过的较真劲，简直可以跟警察媲美），终于在我们的护照上加盖硕大的出发日期：七月十四日。我们出了海关，走上一座桥，这座桥既是两国的分界线，又把两国彼此连通起来。一个委内瑞拉士兵拦住去路，他眼神鄙夷，有着和哥伦比亚士兵一样的傲慢嘴脸——这似乎是军人的典型特征。他检查了我们的行李，并抓住机会亲自审问我们，只为提醒我们正在与一个“有权有势”的人说话。我们被扣留在塔奇拉的圣安东尼奥，但他们也只是照章办事。后来，有位小货车司机答应带我们到圣克里斯托瓦尔，于是我们再次上路。半路上有个海关检查站，警官把我们的周身以及行李仔细检查一遍。在波哥大惹下不少麻烦的匕首再次让我们引火烧身，工作人员盘问了很长时间才肯罢休。与如此有“修养”的人交谈，我们游刃有余。我把手枪藏在皮夹克里层的口袋里，逃过搜缴。因为那件皮夹克塞在一个臭不堪闻的包袱里，海关人员退避三舍唯恐不及。绞尽脑汁才保住的匕首麻烦不断，因为到加拉加斯一路上都是检查站，我们总得不断编理由为自己开脱。边境上的这两个城市路况良好，特别是委内瑞拉这边。这让我想起了科尔多瓦周围的环山地区。总体上看，这个国家要比哥伦比亚繁荣。

一到圣克里斯托瓦尔，我们就和运输公司的几个老板起了争执，因为我们只想走最省钱的路。最终，他们的意见被我们采纳，这在旅程中还是头一回。考虑到急于赶路，又要到加拉加斯好好治一治我的哮喘，我们决定不坐巴士，改乘小货车，因为巴士要三天才能到，而货车只需要两天。额外支付的二十玻利瓦尔[1]，就当是献给加拉加斯的见面礼吧！车很晚才出发，我们有时间散散步，并到附近一座很好的图书馆里读了一会儿书，对这个国家多了一些了解。

晚上十一点，一路北上。身后的柏油马路飞驰而去。一个位子上本来就挤着三个人，现在又多塞进我们四个，睡觉算是没戏了。更糟的是半路上轮胎漏气，耽误了足足一个小时，而且我的哮喘闹得揪心。山谷里种植的作物，与我们在哥伦比亚境内看到的相同。一路困顿，车终于爬上了山顶，植被更稀疏了。路况很差，车胎扎出了许多小洞，第二天又刺穿了几处。警察沿途设下关卡，仔细搜查过往车辆。亏得同车的妇女持有介绍信，司机十分机灵，说车上的行李都是这名妇女的，危难才迎刃而解。在阿吉拉角的休息站里，一顿饭的价格从一个玻利瓦尔暴涨至三个半玻利瓦尔。为了省钱，我们决定勒紧腰带饿肚子。司机见了，大发慈悲请我们饱餐一顿。阿吉拉角海拔四千一百零八米，是安第斯山脉在委内瑞拉境内的最高点。我吃了仅剩的两片药，逃过一夜煎熬。傍晚，司机泊

[1] bolívare，委内瑞拉货币单位。

车睡了一个钟头。他连着开车，已经两天两夜没合眼了。原计划当晚到达加拉加斯，但车再次爆胎，把我们耽搁了。再加上车的电路也出了问题，电池无法充电，只得停车找个地方修理。我们已经进入热带地区，周围除了满山的香蕉，就是嚣张的蚊子。在最后一段路上，为了缓解来势汹汹的哮喘，我打了个盹。这段路用沥青铺得很平整，我甚至觉得它赏心悦目（当时天色已经暗了）。最终到达目的地时，天空电闪雷鸣。我的样子简直惨不忍睹。阿尔维托为我注射肾上腺素以后，我一头瘫在一张用半个玻利瓦尔租来的床上，睡得像只死猪似的。

this strange twentieth century

这奇怪的二十世纪

哮喘最难熬的时候已经过去，我感觉已无大碍，尽管有些时候还需要求助我的新宠——一台法国制造的人工呼吸器。我突然觉得身边少了阿尔维托，像是两翼遭到假想敌的袭击，却没人与我并肩战斗。时不时我看到了什么，就转身想告诉他，却发现他不在我的身边。

确实，这个地方真没什么可以抱怨的：有悉心的照料，有丰美的食物，还有回家重拾学业、获得学位、继而救死扶伤的希望做支撑。然而想到即将与阿尔维托告别，我却老大不情愿。几个月以来，我们风雨同舟，同甘共苦，想着对方所想，遭遇着对方所遭遇，已经形影不离，亲密无间。这些想法时常浮现在脑海，我想着想着，自己仿佛从加拉加斯的中央向城市外面游离。郊区的房子彼此都离得比较远。加拉加斯沿着狭长的山谷而建，走在山谷环抱的城市里，不一会儿就会登上两边的山。看着脚下发展中的城市，你会开始领略这座多元化城市的新面貌。黑人，这个令人惊叹的非洲种族，亏得不好洗澡，他们才延续了种族的纯净。黑人的领土正被另一种新兴的奴隶人种——葡萄牙人占领，于是这两个古老种族之间便没了安宁日子，吵闹和纷争从不间断。种族歧视和贫穷落后让他们联合起来，一起为生存奋斗。但不同的生活方式却使得他们越发迥异：黑人懒惰好幻想，把不多的钱花在轻浮琐事和过度饮酒上；而欧洲人，努力工作和积蓄存款的习俗代代相传，即使在美洲这个偏远的角落他们对传统也不离不弃，这样的传统甚至超越他们的个人理想，激励着他们提升自己。

在这样的海拔高度，混凝土楼房已经消失，只剩下清一色的砖土小屋。我偷偷看了看其中的一座。这座小屋分为两间，屋里有壁炉，地上有一张桌子，一堆稻草，显然这堆稻草就是他们的床。几只骨瘦如柴的猫和一只肮脏污秽的狗正和三个赤裸裸的黑人小孩玩耍。刺鼻的烟雾从火炉里冒出来，弥漫整个房间。头发卷曲、乳房下垂的黑人母亲正在煮饭。一个约摸十五岁光景的小女孩在一旁帮忙，她穿着衣服。我们站在小屋的门口和这家人说话，过了一会儿我问他们能否摆个姿势照张相。他们直截了当地拒绝了我，除非我照完以后立即把相片给他们。我解释说我得先洗照片，但我只是在白费口舌。他们斩钉截铁，说拍完马上就要拿到照片，否则免谈。最终我答应了他们的要求，但他们却心生疑虑，不愿合作。当我继续和这家人谈话时，一个小孩溜出门和他的伙伴们玩耍。最后，我守在门外，手拿相机，假装把从里面探出头的人都拍下来。我们这样僵持了一会儿，直到看见之前溜出去的孩子无忧无虑地骑着自行车回来。我对好焦距，按下快门，但随后发生的事却不堪设想。为了不被照相机拍到，小孩突然转弯，摔倒在地上嚎啕大哭。这家人顷刻间全顾不得对照相机的恐惧，冲出屋门破口大骂。他们都是训练有素的掷石者，我惊惶失措，落荒而逃。身后爆发出阵阵咒骂声，其中包括最高级别的蔑视：“葡萄牙鬼子！”

道路两旁都是废弃的集装箱，之前用来运输汽车，现在却成了葡萄牙人的“房子”。在一家黑人住的集装箱里，我看到一台新买的冰箱。许多箱子里都传来收音机轰鸣的音乐声，他们的主人把音量调到了最大。崭新的汽车停在最残破的“房屋”门前。各种各样的飞机从头顶上一闪而过，银光反射在空中，噪声震耳欲聋，而脚下是四季如春的加拉加斯。在城市的中心，红瓦的房屋和平顶的现代楼房如雨后春笋般拔地而起。但代表加拉加斯精神的、淡黄色的殖民风格建筑物将延续下去，尽管它们已从城市地图上消失了。正是这种精神使得加拉加斯滞留于殖民时期落后的半农耕状态，不受北部生活方式的侵蚀。

a note in the margin

页边上的笔记

星光划过夜空，照亮了整个小山村。万籁俱寂，天凉如水，黑暗淡去。不知作何解释，似乎万物都消融于苍穹之中，消除了个性差异，把陷入沉思的我们吞进无垠的夜色里。夜空中没有一丝云彩，满天繁星尽收眼底。几米之遥，一盏昏黄的台灯，也淡化在无尽的夜色中。

夜色中有个男人，他的脸在阴影中看不大清。我只能隐约看见一些亮光在闪动，应该是他的双眼，以及四颗门牙。

究竟是什么让我准备好告诉你们以下这些事，还不好说。是当时的气氛，还是那人的性格？我也不得而知。我只知道，我已经多次听不同的人提起，但这从没引起我足够的注意。事实上，我要说的这个人很有意思。为了逃避教条主义的迫害，他年轻的时候便逃离欧洲，饱尝了恐惧（少数几种让你学会珍惜生命的经历之一）。后来他游历各国，经历千万次冒险，直到他和他的那颗心终于安顿在这片与世隔绝的乐土上，耐心等待天命的到来。

在交换了一些无意义的言语和陈词滥调之后，我们打住了话头。对话陷入尴尬的局面，我们也即将各奔东西。这时他爆发出特有的童稚般的大笑，四颗门牙愈显得不相对称：

> 未来属于人民。无论历经漫长岁月，抑或瞬息之间，有朝一日，我们国家，以及世界上任何一个国家的人民终将夺取政权。
>
> 问题是，人民需要接受教育。人们接受教育并不是在夺取政权之前，相反，是在夺取政权之

后。他们只有付出代价后才会学习，而代价往往是惨痛的，甚至会夺走许多无辜的生命。从另一个角度看，他们的死也许并不无辜，因为他们犯了大忌，违背了自然的法则。也就是说，他们缺乏适应环境的能力。所有那些不懂变通的人——比如你和我——生前为创建新的力量牺牲一切，临死的时候会咒骂自己的所作所为。革命不带个人色彩，它会耗尽人们的终生，甚至利用他们的记忆作为例证，去教化那些追随他们的青年人。我更是罪大恶极，因为我更老到、阅历更丰富，这个怎么说都不为过。离开人世的时候我终将明白，我的牺牲源自我们顽固的、腐化的、崩溃中的文明。我还知道，走向死亡的那一刻你一定是紧握拳头、紧咬牙关，心里积满了仇恨和抗争，因为你不是这个处于崩溃边缘的社会的象征（某种毫无生气的榜样），而是其中有血有肉的一员。尽管我所知道的这些并不能够改变历史的进程或是你对我的看法。你常念叨着蜜蜂筑蜂房的团结精神，并以此作为激励你的动机。你和我一样有用，只是你不知道你对这个社会的贡献多么巨大，而这个社会，却无情地把你扼杀。

当他在预言历史的时候，我看着他的牙齿，看着他的痴笑。我感觉到他的握手，还有他与我正式道别，像是远方传来的低语。在他说话的当儿，已经慢慢弥漫开来的夜色，紧紧抓住了我，并将我吞没。尽管他的话不无道理，但现在我知道……当伟大的指导思想将人类分为两个对立的阵营时，我将和人民走到一起。我抬起头，看见这些镌刻在夜空里：我是信念的虚伪折衷派，我是教条的精神分析师。我要像着了魔一般咆哮，袭击敌方战壕和防御工事；我将拿起血染的武器，义愤填膺，把落入手中的敌人全部消灭。我还看见，精疲力竭扼杀了最初的欣喜，我看见自己在这场将个人意志消磨殆尽的、真正的革命中牺牲，最终大声宣告一切都是我咎由自取。我的鼻腔扩大了，我品尝着滚滚的硝烟和刺鼻的血腥，以及敌人灭亡的腐臭；我武装自己，蓄势待发，随时准备化身为一座圣殿，在这里胜利的无产阶级将伴随着初生的力量和初生的希望，发出野兽般的咆哮。

附录

环境的产物*

面向医科学生的演讲

一九六〇年八月二十日

《摩托日记》完成八年后，切·格瓦拉成为古巴革命政府的中流砥柱。在与阿尔维托·格拉纳多结伴旅行之后，他旧地重游，穿越拉丁美洲，亲身经历美国中情局幕后主使的危地马拉政变。此后，他积极投身古巴革命运动的洪流，并率领革命群众于一九五九年夺取政权。在他面向古巴医科学生和医学工作者的演讲中，格瓦拉回顾了自己从一名医学院学生成长为政治积极分子的经历。

几乎人人都知道，许多年前我曾是一名医生。当我最初开始学医的时候，甚至当我刚成为一名医生的时候，我脑海中绝大多数革命思想都尚未成型。

我渴望成功，人人都渴望成功。我曾梦想成为一位著名的医学研究人员。我曾梦想不知疲倦地工作，以求获得有用的价值，造福人类。但同时，这也会是个人的成功。我和大家一样，是我们这个环境的产物。

在特殊的环境下，也许还出于性格的驱使，获得医学学位以后我开始游历拉丁美洲，并对其有了切身的了解。除了海地和多米尼加共和国，我以这样或那样的方式访问过其他所有的拉美国家。游历刚开始的时候我还是一个学生，后来成为一名医生。途中我开始亲身感受贫困、饥荒、疾病，亲眼目睹因医疗条件欠缺，儿童的疾病得不到治愈；还有因为饥饿和经年累月的刑罚，麻木的父母只把孩子的死亡当作无关紧要的意外。这样的悲剧在拉美社会饱经风霜的底层家园中频频发生。那个时候我开始认识到我肩负的使命，这个使命与成为著名的研究人员或是为医药科学作出实质性贡献一样重要，那就是帮助那些贫苦人民。

---

* 引自《切·格瓦拉读本》（增订版），海洋出版社，二〇〇三年。
——原注

但我，同在座诸位一样，仍然是环境的产物。我渴望尽自己的努力帮助他人。我到过许多地方，比如（民主选举的总统哈科沃·）阿本斯领导的危地马拉。我也开始做记录，告诉自己一名具有革命精神的医生应该如何指导自己的言行。我开始探索具有革命精神的医生必备的素质。

但不该来的还是来了。以下便是（一九五四年）危地马拉政变的幕后主使：联合水果公司、美国国务院，以及（美国中情局局长）福斯特·杜勒斯，还有（他们用以取代阿本斯的）傀儡政权的总统卡斯蒂略·阿马斯——实际上，这些人蛇鼠一窝。他们的阴谋得逞了，因为当时的危地马拉民众并没有现今古巴民众这么成熟。还记得有一天，天高气爽，我和其他许多人一样从危地马拉踏上了流放之路，或者至少可以说是逃亡之路，因为危地马拉毕竟不是我的祖国。

后来我意识到很基本的一点：要想成为一名革命阵营的医生，或者成为一名革命者，首先就需要一场革命。如果对这些阻碍进步的敌对政府和社会状况的抗击，只是单枪匹马地在拉美的几个角落里进行，那么独立的抵抗、个人的努力、崇高的理想，甚至为理想奉献终身的决心都将付诸东流。革命需要古巴现在所具备的条件：全民动员。我们已经学会了如何使用武器、如何在战斗中团结起来，并知道武器的价值、人民团结的价值。

接下来我们到了今天面临的问题的核心。我们有权利、甚至有义务成为忠于革命的医生，用专业技术知识为革命服务，为人民解忧，这是当务之急。这下我们又回到了刚刚提出的问题：人们怎样工作才能高效地为社会谋福利呢？人们怎样协调个人努力和社会需求之间的关系呢？

作为医生或是其他医疗工作者，我们必须再度回忆在革命之前，我们的生活状况究竟如何？我们在想什么、做什么呢？我们在回忆的时候，必须抱有进行深刻批评的热情。接着我们就会得出结论：我们必须把过去一个纪元中的所思所感记录在案，我们必须培养出全新的人。如果每个人都是自己心中的那个新人的建筑师，那么培养出全新的人民——能够代表新生古巴的人民——就简单得多。

对在座诸位哈瓦那的居民来说，接受这样一个观念是有益的：在古巴，一批全新的人正在涌现。或许在首都人们还没有学会全面欣赏这些新人，但是现在，他们已经遍布这个国家的各个角落。在座各位中有人在七月二十六日到过马埃斯特腊山的话，必然目击过一些触目惊心的场景……你一定看到了一些孩子，他们都有十三四岁大，却只有八九岁孩子的体型。他们是马埃斯特腊山的亲生儿子，他们是饥饿和贫穷的亲生儿子。他们是营养不良的产物。

在古巴这样一个小国家，已经有四五个电视频道、几百个广播电台，还有先进的现代科学。一天晚上，孩子们来到校园，第一次看到电灯，他们会大声地说，那晚的星星降到了地面。这些孩子，在座诸位有些也许已经见过，他们正在集体学校中，从学习认字母，到学一门手艺，再到学习作为革命者的高深学问。

这就是古巴新生的一代。他们生于僻壤，生于偏远的马埃斯特腊山区，生于合作社，生于工厂的厂房中。

上面所说的都与我们今天的主题有着密切的联系：我们必须将医生和其他医疗工作者融入革命运动中。因为，革命的任务是培养和教育儿童，教育军队，平地均田——把土地从地主手中分到农民手里。农民日复一日地挥汗劳作，却不能享有劳动果实。这些革命任务是古巴取得的最大的治疗社会的成就。

治病救人应基于塑造强健体魄的原则之上，不是像雕琢艺术品一样医治某个器官，而是通过集体的力量、特别是全社会的力量来塑造强健体魄。

医学将来会成为一门预防疾病的科学，一门将带领全体公民担负起医疗责任的科学。在我们正在创造的这个新社会中，医学只在极端紧急的情况下介入，进行外科手术或是排除疑难杂症。对于医疗组织的任务来说，对于所有的革命任务来说，最根本的需要就是个人。革命并不是像有人说的那样，是集体意志的统一，是集体积极性的统一。相反，革命是对个人能力的解放。

革命的真正任务在于引导个人能力。今天我们的任务是把各行各业的医疗创新人才都导向治疗社会。

旧纪元即将结束，不仅古巴是这样。尽管许多人持反对意见，尽管有些人心存侥幸，但我们所知道的资本主义形式——我们生于斯、长于斯、历经苦难于斯的资本主义形式，正在世界范围内土崩瓦解。垄断格局正被打破，集体科学取得的成就日新月异。我们自豪，我们有责任牺牲自己，成为不久前开始的拉丁美洲解放运动的先锋，成为亚非等受压迫大洲方兴未艾的解放运动的先锋。可以说，深远的社会变革要求人民的思想状态也发生深远的变化。

那些与社会环境隔绝开来的个人主义，必须在古巴得到根除。明天的个人主义将合理利用所有个人，来为社区的绝对利益服务。尽管这些道理人尽皆知，我所说的一切大家也都能明白，每个人也愿意回忆过去，面对今天，憧憬未来，但改变思维方式要求内在的改变，继而带来外在的巨大变革，主要是社会变革。

这些外在的变革在今天的古巴进展得如火如荼。了解革命的一种方式，了解人们内心积蓄的力量，了解沉睡了多年的力量的一种方式，就是走访古巴，走访建设中的合作社，走访建设中的工厂厂房。同样，了解医疗问题的一个方法，不仅限于知道这些合作社、到过这些厂房，更重要的是要深入群众，即那些在合作社和厂房中工作的人。我们要深入实地，调查他们的疾病，了解他们的苦痛，知道他们这些年来经历的贫穷，根源于几个世纪以来的压抑和屈从。医生也好，医疗工作者也好，都应该直击工作的重心。这个重心就是，他们是人民群众中的一员，是社区中的一员。

无论沧海桑田，医生的工作总是重要的，总在社会生活中承担着巨大责任。因为他们需要接近病人，深刻了解病人的心理，走近痛苦，并帮助人们战胜痛苦。

几个月前，哈瓦那发生了一件事。一批学生刚毕业成为合格的医生，他们不愿到偏远的农村去，即便去了也要求额外的报酬。从过去来看，这样的事是符合逻辑的。至少对于我来说是这样，我能够理解。我记得过去是这样，几年前人们就抱有相同的想法。像古罗马斗兽场中反抗的勇士，他们孤独地战斗，只为了寻求优越的条件、光明的前途和社会的认同。

这些学生中的大部分家庭负担得起他们几年的学费，他们得以完成学业，准备开始步入他们的行业。但是，设想如果不是这些人，而是两三百个农民魔术般地从学校毕业走向工作岗位，那会怎样呢？

答案很简单，这些农民会立即回到农村，怀着极大的热忱，与他们的兄弟姐妹团聚。他们一定会把工作和责任都往自己身上揽，来证明几年的学习没有白费。过不了六七年，这一切都会发生，新的学生，即工人和农民阶级的孩子将获得各行各业的职业等级证书。

但我们不应该用宿命论的眼光看未来，而把人划分为工人的后代、农民的后代和反革命分子的后代。这样的划分过于简化，有悖事实。应该说，没有什么比活在革命中更能锻造出一个受人尊敬的人。

我们当中第一批到达格拉玛省的人，虽然在马埃斯特腊山定居，并学着尊重工人和农民，和工人农民生活在一起——但我们中没人曾有过工人或农民的经历。自然，有些人在孩提时代也不得不参加工作，有些人也尝过节衣缩食的滋味。但是饥饿，真实的饥饿，我们中还没人亲身经历过。我们初识饥饿，也只是在马埃斯特腊山度过的漫长的两年内体验的，而且极为短暂。在那以后，许多事不言而喻……我们知道了一个人的生命比最富有的人的所有财产还贵重百万倍。尽管我们不是工人或农民的后代，但在那里我们学到了这些。那么我们凭什么旁若无人地大喊，说我们是古巴有地位的人？凭什么说其他的古巴人连学习都不会呢？是的，古巴人会学习。实际上，革命要求他们去学习知识，要求他们清楚地知道服务他人的荣誉比高额工资更重要，知道人们的感激比一个人能够囤积的金银财宝更加永恒、更加持久。每一名医生，在力所能及的范围之内，都应该而且能够积累这样无上的财富，即人民的感激。

我们必须摒弃我们的旧观念，更亲近、更真切地走到人民群众中间。我所说的走近并不是以往意义上的走近，因为所有人都会说：“不对，我是人民的朋友。我乐于和工人农民交谈。在周末，我到了这个或那个地方，看到这个或那个东西。”每个人都做过这样的事。但以前这样做的本质是施善，而今天我们需要做的是团结工农。我们走近人民的时候，不能说：“我们来啦！我们是用我们的到来施舍你们，用我们的科学教化你们，指出你们的错误，证明你们没有教养，让你们知道你们缺乏基本知识。”相反，我们应该怀着一股探究的热忱，带着一种谦逊的精神，向人民——这个伟大的智慧之源学习！

我们觉察到，我们熟知的观念常出现谬误；这些谬误已经成为我们生活的一部分，自然也就成为我们意识的一部分。我们需要不断改变观念，不仅需要改变世界观、社会观和哲学观，而且还需要适时地改变我们的医疗观。那时我们会看到，治病救人不总像在城市里的大医院那样。那时我们会看到，医生同样要务农，我们必须会种植新作物，而且通过我们的言传身教，让别人消费新食物，使古巴人的膳食结构多样化。古巴是一个积贫积弱的农业小国，却有潜力成为地球上最富饶的国家！到那时我们会看到，在那种情况下，我们要成为好老师，诲人不倦，而且我们还要成为政治家。我们的第一禁忌是炫耀我们的智慧，第一要务是展示我们乐于同人民一起学习，一起追求我们共同的大好梦想——建设新古巴。

我们已经采取了诸多措施，从一九五九年一月一日到现在已经发生了传统方式无法衡量的巨变。不久前人们明白，这里不仅有一个独裁者下台，还有一个旧体制宣告破产。现在人们应该知道，在垮台体系的废墟之上，我们必须建立一个新的体系，这个体系将带给人民绝对的幸福。

……我们同仇敌忾，这点我们深信不疑。我们知道，每个人在陈述他们对垄断的反对意见时，在他们字句铿锵地说出“我们的敌人，即整个拉丁美洲的敌人，就是美利坚合众国的垄断政府”这句话时，他们都会瞥一眼看看是否有人在一旁窃听，担心有人在外国大使馆里发送电报给敌对国家。

如果人人都已深知这是我们的敌人，如果我们明确了出发点，即知道无论是谁，只要反抗那个敌人，他就与我们有共同点，那么就可以进入下一个环节。我们想在古巴取得的目标是什么？我们需要什么？我们是否希望人民幸福？我们是否为了古巴的绝对经济自由而抗争？我们是否为成为自由世界里的自由国家而抗争？我们是否为了不依附于任何国际军事联盟、不用在制定对内对外决策时咨询任何一个国家的大使馆的意见而抗争？我们是否想重新分配财富，把有钱人的超额财产分给一无所有的人？创新是日常生活中不竭的快乐之源，我们是否想从事一些创新性的工作？如果是的话，那么我们已经树立了目标……在危难关头、紧张关头、创造关头，真正重要的莫过于最强大的敌人和最宏伟的目标。如果我们都没有异议，如果我们都知道我们将何去何从，那么无论发生什么，我们都务必开始我们的工作。

我刚才说过，要成为一名革命者，首先要有一场革命。我们现在就有一场革命。革命者必须熟识他的战友。我想我们相互之间仍然不是很了解。我想我们还有很长的路要走……（然而）如果我们知道目标，知道敌人，知道前进的方向，那么唯一要做的就是划分每天的行程，并按计划执行。没有人可以规定这条路该有多长，这条路是每个人的个人之路，是他或她每天的必行之事，是他或她将从个人经历中得到的收获，是他或她实践自己的职业，为人民的福祉而付出的牺牲。

如果迈向未来已经万事俱备，就让我们借用一下何塞·马蒂一句话，这句话虽然我没有在此刻付诸实践，但我们应该经常遵循，这句话就是“行动是最雄辩的言语”。然后，让我们一起迈开大步，走向古巴的未来！

切·格瓦拉小传

埃内斯托·格瓦拉·德拉塞尔纳于一九二八年六月十四日出生于阿根廷罗萨里奥。他曾当选为《时代》周刊“世纪风云人物”。格瓦拉在布宜诺斯艾利斯大学医学院求学期间及毕业后不久曾多次环游拉丁美洲，其中包括一九五二年与阿尔维托·格拉纳多进行的一次旅行。他们当时驾驶着一辆车况很不稳定的诺顿牌摩托车——“大力神Ⅱ”，格瓦拉在日记中曾多次提及他的这辆坐骑。

一九五四年，危地马拉民主选举产生的哈科沃·阿本斯政府遭到了美国中央情报局组织的军事行动打击，并遭颠覆。当时生活在危地马拉的格瓦拉已经卷入这场政治运动。阿本斯被推翻后，格瓦拉避走墨西哥，至此，他成了一名彻底的激进主义者。

格瓦拉在墨西哥城通过一位在危地马拉认识的熟

人，找到了一群古巴流亡革命者。一九五五年七月，他见到了菲德尔·卡斯特罗，紧接着便投身从戎，加入了旨在推翻古巴独裁者富尔亨西奥·巴蒂斯塔的游击队。古巴人民亲切地称他为“切”——“切”是阿根廷流行的称呼。

一九五六年十一月二十五日，时为游击队（该游击队在古巴马埃斯特腊山脉打响了革命武装斗争第一枪）军医的格瓦拉登上了驶往古巴的“格拉玛”号快艇。在数月之内，格瓦拉就晋升为“反政府军”的第一位司令。尽管如此，他仍然继续给受伤的游击队员和俘获的巴蒂斯塔军队的士兵疗伤。

一九五八年九月格瓦拉与卡米洛·西恩富戈斯两人各带一支游击纵队，从马埃斯特腊山脉出发，一路向西挺进。巴蒂斯塔军队溃败，格瓦拉功不可没。

一九五九年一月一日巴蒂斯塔潜逃。至此，格瓦拉已成为革命新政府的一名关键领导人。格瓦拉先被任命为全国土地改革委员会工业司司长，之后担任国家银行行长。一九六一年二月，他就任工业部部长。在一九六五年古巴共产党组建之前，他是作为其前身的政治组织的核心领导人之一。

除身负这些重任之外，格瓦拉还以古巴革命政府代表的身份出访各国。他曾多次带领古巴代表团，参加联合国会议以及在亚洲、非洲、拉丁美洲与社会主义阵营国家等召开的国际论坛并致辞。他还被誉为敢于为第三世界人民进言的激情洋溢、能言善辩的演说家。最著名的一次是在乌拉圭埃斯特角城举行的美洲国家组织（OAS）会议。在会上，他抨击了美国总统肯尼迪所谓的争取进步联盟[1]。

自从投身古巴革命运动以来，格瓦拉一直矢志不移地献身革命。一九六五年四月，格瓦拉离开古巴前往刚果，领导一支游击纵队，支持刚果革命斗争。一九六五年十二月，格瓦拉秘密返回古巴，帮助玻利维亚再筹建一支游击队。一九六六年十一月，格瓦拉抵达玻利维亚，决心推翻该国军事独裁，并计划最终发动一场影响波及整个拉丁美洲大陆的革命运动。一九六七年十月八日，由美国训练并组织的一支玻利维亚平叛军队击伤并俘虏了格瓦拉。翌日，格瓦拉惨遭杀害，尸首被藏匿。

---

[1] Alliance for Progress，美国和二十二个拉丁美洲国家根据一九六一年八月乌拉圭埃斯特角宪章建立的国际性经济发展计划。该计划后来失败，美国同拉丁美洲各国之间的政治局势加剧恶化。

一九九七年，人们最终发现切·格瓦拉的遗骸，并将其运回古巴。革命战争期间，格瓦拉曾在古巴中部城市圣克拉拉赢得一场重大战役的胜利。人们便在这座城市为他修建了一座纪念馆。

切·格瓦拉生平大事记

一九二八年

埃内斯托·格瓦拉于六月十四日出生于阿根廷罗萨里奥的一个中产阶级家庭，是埃内斯托·格瓦拉·林奇和塞莉娅·德拉塞尔纳的长子。

一九三二年

由于埃内斯托患有慢性哮喘病，格瓦拉一家从布宜诺斯艾利斯迁往科尔多瓦附近的一处温泉疗养地——上格拉西亚。由于哮喘严重，九岁之前他一直没有正常上学。

一九四八年

埃内斯托一开始想学习工程专业，但后来他进入了布宜诺斯艾利斯大学医学院。在读期间，他曾做过多份兼职，其中包括在一家过敏症治疗所工作。

一九五〇年

埃内斯托跨上一辆摩托车，开始了环北阿根廷之旅，行程达四千五百公里。

一九五一至一九五二年

一九五一年十月，埃内斯托与朋友阿尔维托·格拉纳多决定驾驶后者的摩托车“大力神Ⅱ”前往北美。格拉纳多是一位专攻麻风病的生化技师。他的几个弟弟曾是埃内斯托的校友。两人于十二月离开科尔多瓦，他们的第一站是埃内斯托在布宜诺斯艾利斯的家，向他的家人道别。关于这次冒险旅行的经历，埃内斯托在旅途中以及旅行后都做了记录。这些记录构成了本书，初版题为*Notas de Viaje*，即《游记》或《摩托日记》。

一九五三年

埃内斯托大学毕业后，成为一名医生。此后他就马不停蹄地开始了另一次环拉丁美洲之旅。途中历经玻利维亚、秘鲁、厄瓜多尔、巴拿马、哥斯达黎加及危地马拉。在危地马拉他遇到了一位名为安东尼奥·洛佩斯（尼科）的古巴青年革命者。在玻利维亚，他亲眼目睹了玻利维亚革命。这次旅行的记录后来以*Otra Vez*（《再次上路》）为名出版。

一九五四年

美国支持的军队推翻了危地马拉民主选举产生的哈科沃·阿本斯政府。埃内斯托在危地马拉看到这一切之后，他的政治观点发生了深刻的变化，成为一名激进主义者。他逃亡墨西哥，并与该地古巴革命流亡组织取得了联系。在墨西哥，他与秘鲁裔女子伊尔达·加德亚结为伉俪。两人育有一女，名为伊尔迪塔。

一九五五年

与菲德尔·卡斯特罗会面后，他加入游击队，与巴蒂斯塔独裁政权展开游击战。当时，古巴人民称他为“切”——这是对阿根廷人通常的昵称。一九五六年十一月，他作为军医登上了“格拉玛”号游艇。

一九五六至一九五八年

在短短的时间内，切就展现了出众的军事才能，并于一九五七年七月晋升为司令。一九五八年十二月，在古巴中部的圣克拉拉战役中，他领导的反政府军击溃了巴蒂斯塔的军队，赢得了一场决定性的胜利。

一九五九年

二月，切被授予古巴公民身份，这是对他为古巴这个岛国的自由所做出的丰功伟绩的肯定。同年，他与阿莱达·马尔奇喜结良缘，他们一共育有四名子女。十月，他被任命为全国土地改革委员会工业司司长。十一月任古巴国家银行行长。切视金钱如粪土，在签署新型纸币的时候，他只简单地写上“切”。

一九六〇年

切代表革命政府进行了一次全面出访，他访问了苏联、德意志民主共和国、捷克斯洛伐克、中国及朝鲜，并签订了若干个关键性贸易协议。

一九六一年

切被任命为新成立的工业部部长。八月，他率领古巴代表团，参加了在乌拉圭埃斯特角城举行的美洲国家组织（OAS）会议。在会上，他谴责了美国总统肯尼迪所谓的“争取进步联盟”。

一九六二年

古巴统一了革命组织，切入选全国领导委员会。切第二次出访苏联。

一九六三年

切出访阿尔及利亚。当时阿尔及利亚在艾哈迈德·本·贝拉政府的领导下刚刚脱离法国，赢得独立。

一九六四年

十二月，在对非洲进行全面访问之前，切在联合国大会上进行了一次演讲。

一九六五年

切带领一支国际纵队前往刚果，支持帕特里斯·卢蒙巴领导的解放运动。当时人们对切的行踪产生了越来越多的猜测，对此，菲德尔·卡斯特罗在新成立的古巴共产党中央委员会上宣读了切的告别信。十二月，切返回古巴，秘密策划在玻利维亚的一次新任务。

一九六六年

十一月，切化装抵达玻利维亚。

一九六七年

四月，切发表《通过三大洲会议致世界人民的信》，号召开辟“两个、三个乃至许多越南”。同月，切率领的一部分游击队与分队主力失散了。十月八日，仅存十七名队员的游击队遭到伏击，切受伤被俘。翌日，在华盛顿政府的授意下，玻利维亚军队杀害了切。他的遗体与其他若干名游击队战士的遗体一同埋在一个无名墓。十月八日定为古巴“英雄游击队日”。

一九九七年

人们最终在玻利维亚发现了切的遗骨并运回古巴，存放于圣克拉拉市的一座纪念馆内。

ACOTACION AL MARGEN

~~No había nada de agobiante en la noche.~~ Las estrellas veteaban de
el cielo de aquel pueblo serrano y el silencio y el frío in[illegible]-
lizaban la oscuridad. Era-no se bien como explicarlo-como si [illegible]
~~[illegible] de los hombres~~ se volatilizara en el espacio etéreo que [illegible]
ba, que nos quitaba la individualidad y nos sumía, yertos, en la ~~in~~-
~~sidad, sin límites de lo desconocido~~. No había una nube que, bloque
o una poción de cielo estrellado, diera perspectiva al espacio. A-
as a unos metros, la mortecina luz de un farol desteñía las tinie-
s circundantes.

La cara del hombre se perdía en la sombra, solo emergía
s como destellos de sus ojos y la blancura de los cuatro dientes